DIVERSITY

多樣性

認識自己，接納別人，一場社會科學之旅

美國芝加哥大學社會學教授
山口一男／著
森妙子／繪圖　邱振瑞／譯

自由學習 19

多樣性：認識自己，接納別人，一場社會科學之旅
（原書名：為什麼我少了一顆鈕釦？）

作　　者　山口一男（Kazuo YAMAGUCHI）
繪 圖 者　森妙子（Taeko MORI）
譯　　者　邱振瑞
責任編輯　林博華
行銷業務　劉順眾、顏宏紋、李君宜

總 編 輯　林博華
發 行 人　凃玉雲
出　　版　經濟新潮社
104台北市民生東路二段141號5樓
電話：(02) 2500-7696　傳真：(02) 2500-1955
經濟新潮社部落格：http://ecocite.pixnet.net
發　　行　英屬蓋曼群島商家庭傳媒股份有限公司城邦分公司
台北市中山區民生東路二段141號11樓
客服服務專線：02-25007718；25007719
24小時傳真專線：02-25001990；25001991
服務時間：週一至週五上午09:30-12:00；下午13:30-17:00
劃撥帳號：19863813；戶名：書虫股份有限公司
讀者服務信箱：service@readingclub.com.tw
香港發行所　城邦（香港）出版集團有限公司
香港灣仔駱克道193號東超商業中心1樓
電話：852-25086231　傳真：852-25789337
E-mail: hkcite@biznetvigator.com
馬新發行所　城邦（馬新）出版集團Cite(M) Sdn Bhd
41, Jalan Radin Anum, Bandar Baru Sri Petaling,
57000 Kuala Lumpur, Malaysia
電話：603-90578822　傳真：603-90576622
E-mail: cite@cite.com.my
印　　刷　漾格科技股份有限公司
初版一刷　2011年11月10日
二版一刷　2017年9月19日

城邦讀書花園
www.cite.com.tw

ISBN：978-986-95263-1-9

售價：330元

中文版序

非常高興拙著《多樣性》（*Diversity*）能夠被翻譯為繁體中文出版。我雖是日本人，但長久以來都在美國芝加哥大學教授社會學，可以說人生中約莫有半數的歲月是在日本生活，另一半時光則在美國度過。不論是在目前執教的芝加哥大學，或是以前任教的UCLA（加州大學洛杉磯分校），我都曾經教過不少來自台灣、香港和新加坡的留學生。可是，除了和來自這些國家的留學生及大學教授相處以外，我幾乎沒什麼機會接觸到同屬繁體中文圈的其他人士。期盼藉由此次拙著的翻譯出版，能促使我日後與各方賢達多多交流。

我寫下這本書的目的是，希望透過兩則具有社會學意涵的寓言故事，讓一般讀者能夠了解人類的多樣性（diversity）這個正向的思維。至於，身為社會學者的我，為何沒有選擇在專業領域中闡述這個論點，而是以一個完全外行的寫手，來挑戰文學小說這樣的形式？那是因為我希望除了社會學的學生和關心社會政策的人士之外，能有更多人理解這樣的「思維」。這種想法也和本書的主題「多樣性」，有著密不可分的關係。而且，為了要將這種「思維」如實傳達給讀者，我認為最有效的方式就是讓讀者們隨著書中主角的腳步，一同探索和思考。

這兩個故事的第一則是具有奇幻風格的〈少了一顆鈕釦的米娜，與魔法師卡茲〉。故事內容描述一個名叫米娜的年輕女孩，帶著心靈的創傷，踏上了一趟尋找自我的旅程。她解開了一道道謎題，勇敢地克服了重重「難關」，並在這樣的冒險歷程之中，深入探討個人在社會上的自我定位，以及社會看待個人的不同視角，從而得到了精神上的成長與茁壯。

第二個故事是與一則知名的伊索寓言故事同名的〈獅子與老鼠〉。內容講述的是芝加哥大學的某位「山口教授」與美國學生們在課堂上，基於日本與美國的現實差異，一起討論兩國的文化與社會規範的不同，以及現代美國社會和現代日本社會的各種樣貌。我在這則故事裏試圖描繪的是，學生們日後將處於更為多元文化的社會環境中，該怎麼選擇更好的社會規範，以使得性格各異的我們每一個人都能擁有更美好的未來，以及體認到如何與他人達成共識的過程。中國文化和日本文化同樣都受到儒教和佛教的影響，因此兩者的傳統社會規範也有近似之處。不過，在這個故事裏所敘述的日本古老社會和現代社會，到底與繁體中文圈同樣時代下的社會有多麼相似，我並不清楚。可是，假如本書中所描述的日本與美國社會的差異，能夠讓讀者感覺到恰巧與自己的國家和美國社會的差異不謀而合，或許表示這個故事有其啟發意義，而這也是我由衷的盼望。

最後，謹向翻譯拙著的邱振瑞先生，以及責任編輯林博華先生二位致上最深的謝意。

二〇一一年十月寫於東京，教授休假研究中

美國芝加哥大學Hanna Holborn Gray特別紀念講座社會學教授

山口一男

目次

〔推薦序〕

當社會科學變成當代寓言

曾嬿芬

如果不仔細看，這本推廣社會科學知識的書可能會被當作故事書（fiction）來歸類。的確，不論就哪一個角度看，這本書以故事鋪陳社會生活的基本情境做為活用實例，並提出不同的思維重點與解決方案，是相當少見的寫作嘗試。本書作者山口教授目前任教於美國社會學重鎮的芝加哥大學社會學系，並在過去幾年擔任系主任；他出生成長於日本，自東京大學數學系畢業後到美國取得社會學博士並留在美國發展。他的研究專長是生命歷程以及日本社會工作與生活的平衡，近年來在日本持續出版原創性作品，這本以日文書寫的《多様性》正是山口教授以母語創作期的產物。

這本書是社會科學界較少嘗試而自然科學卻大量運用的第三種文化（The third culture）知識傳播方式。第三種文化是用文學或藝術來傳遞科學（大部分是自然科學）知識的創作形式，第三種文化是企圖突破物理學者 C. P. Snow 看到科學與人文之間無法對話時所提出的「兩種文化」，而將重要的科學見解普及化的重要努力。就像自然科學中一批寫作高手想要傳達的知識，多屬於有助於人們了解自己與世界的基本構成與演變之間的關連（比如演化、生物化學、天文物理等），山口教授這本書的主題與人在社會中生活非常重要的基本處境與抉擇過程有關——比如囚犯的困境、共有地的悲劇、自我實現的預言、自我認同、多樣性、道德哲學、規範與自由、事後機率等。山口教授本人雖是社會學者，但是他所推廣的是社會科學，畢竟針對以上的各種課題，社會學、經濟學與政治學共享一些基本的知識基礎——不論是康德的義務論與邊沁的效益論之間的對立與抉擇、信任與自利之間的衝突、認同與理性對人行為的影響等，都以跨科際的合作與對話著名。

這本書由兩個劇本所構成，一個是沒有時空與文化背景的哲學故事，另一則是一場跨文化與跨世代的教室對話。隨著第一個故事中那位少了一顆鈕釦的米娜所進行的尋找完整自我的旅程，作者介紹一些社會科學重要的概念與運用，其中以「認同」為最重要的主題之一。認同——有關我是誰？什麼對我最為重要？——做為人類行為的核心，往往像阿基米德那個支點一樣撐起個人的世界，這個概念不再只是對自我人格發展與文化政治生活有重要影響，經濟學也開始重視認同對經濟行為決策的衝擊。人是否會對所從事的工作、所歸屬的組織或團體多一點付出，其中利益考量只占部分比例，越來越多的研究指出，個人與外在認同感的強弱決定了付出對個人的意義。在經濟場域中人們往往是不折不扣的存在主義者而不自知，事實上，看似理性的經濟行為也需要感情與意義感的驅動。

第二個劇本是一場實景重現的美國大學教育現場，學生跨越各個學科與族裔背景，討論的主題是美國與日本社會的人際規範以及逾越的文化差異。藉由伊索寓言〈獅子與老鼠〉在美國與日本版本的差異，檢視罪與罰、契約與恩情在兩個社會的不同意義與法律後果。這場精采的跨文化、跨科際師生對話，彰顯每個社會最重視的價值影響了對於行為的期待與制裁的根本差異。美國版本中，老鼠爬到睡獅背上為的是表演個人的魅力，獅子醒來純屬倒楣，脫身之道便是交易談判（而不是道歉）以求降低厄運的負面後果。在日本的故事中，老鼠爬到睡獅身上一開始就是不小心犯下的錯誤（否則不致於大膽妄為），面對獅子的張牙舞爪，只能以表演弱者求饒贏得同情來找到活路。美國版本並不將獅子與老鼠的不平等地位視為理所當然，日本版本則將獅子的強者地位予以絕對的尊崇。這些故事主軸化為經濟、法律、人際規範等場域都有非常實際的對應現象。值得一提的是，這個劇本所展現的大學課堂是一個強調理解、表達、性格、聯想、批判性思考、發現問題以及創造的過程，這樣的教育方式使得課堂是生產知識的場所，也是一場帶得走的知識盛宴。

這本書適合中學年齡以上的讀者閱讀，不同年齡者與這本書的關係可能有不同的親疏遠近。比如寓言故事對成年讀者而言，似乎並不貼近其心智的思考方式；相對地對年輕人或青少年而言，本書的故事雖不複雜，但是蘊含在故事內一層又一層的寓意，卻需要相當的人生經驗或廣泛閱讀才能擷取精華。不熟悉的部分若能夠克服，讀者將可以得到對社會科學關鍵知識的進展做為獎勵。

筆者於加州大學洛杉磯分校求學期間曾受教於山口教授，並擔任他所教授之統計學助教，奇妙的是，與山口教授學習和相處時還留在腦裏的片段回憶竟有許多和本書的主題有關。比如說有一次我好奇問他為何每週六仍到研究室工作，他告訴我因為日本人週六要上班（當時日本還未週休二日）！他雖身在美國，但是工作時間表卻是以日本人身分的認同來訂定，當我讀到本書有關認同與決策的重要關聯時，這段對話的回憶自然湧現。

這本書即是山口教授身分認同多樣性的美妙結晶。

（本文作者為台灣大學社會學系教授）

〔推薦序〕

以故事呈現社會科學理論的精采之作

王乾任

自從接觸社會學以來，不知不覺已超過二十年。讀過的社會學著作不算少，也不乏相當精彩好讀易懂且深刻的入門書，然而，不得不說，比起其他社會科學如經濟學、政治學、法學，乃至哲學，社會學界就是缺乏能以「故事」解說學術理論，吸引完全不了解社會學的普羅大眾注意的社科普著作。

直到我碰到芝加哥大學社會學系山口一男教授的《多樣性：認識自己，接納別人，一場社會科學之旅》，說真的，一口氣讀完之後，令我感動莫名。

本書由兩大部分組成，第一部分是一則寓言故事，寫作體裁是西方世界熟悉的《為自己出征》（方智），故事以一個主人翁必須經過一連串的關卡考驗，最後獲得自己原本欠缺的特質（在本書則是以：主人翁少了一顆鈕釦來呈現其對所缺乏之特質的追尋），以剷除原本困擾自己

（或村莊）的邪惡。

過去這樣的寓言故事多半出現在New Age類的勵志叢書，沒想到山口一男教授卻能巧妙地借用，故事以主人翁從小就缺少一顆鈕釦開始（別人都有七顆，她卻只有六顆），主人翁出發去找大魔法師想要得到自己所缺少的那顆鈕釦。故事主人翁每經歷一個關卡，就能透過與守門人的互動學會一項社會科學理論，諸理論組合起來之後，就能得到那顆遺失的鈕釦。山口一男教授試圖透過這則寓言告訴讀者的是，可以透過哪些社會科學理論來了解「我是誰？」（自我認同），認識自己之餘並接納自己。

第二部分則是模擬一場美國大學的課堂現場，透過來自不同文化、性別、種族的師生共同討論一則世人所熟知的伊索寓言故事〈獅子與老鼠〉，讓我們了解，原來不同文化規範對於人們解讀世界所產生的影響，透過此一故事的討論（以及後來的改編版本的討論），讀者能夠了解日本與美國社會對於人際規範所側重的部分不同（以及為何不同）。

山口一男教授展示了社會學的基本精神：人都是社會條件下的產物，來自不同社會文化的人對於同樣一件事情會產生不一樣的理解，差異來自文化（感知結構的影響），因而理解到世界上並沒有放諸四海皆準的標準／正確答案，世界上隱藏著各種各樣的答案，適合自己文化土壤的答案卻未必適合其他文化土壤（但也不該被簡單地評價為錯誤），從而學會同理接納與自己不同者的不同意見。

原本我也覺得奇怪，為何一本書要收錄兩則寓言故事，且以兩種不同的方式呈現。後來我才想通，原來山口一男教授其實是利用這兩則寓言故事所開展的討論，有意圖地將社會學的「宏觀」與「微觀」思考路徑結合起來。如果更細膩地比較分析兩則故事所欲傳遞的訊息，應該能得出更多有意思的解讀（這部分的樂趣，就留給讀者們自行品嘗，詮釋文本無絕對對錯，能說出一套道理最重要）。

人類從過往到如今，總是習慣以己之是非人之是，認為我的想法是正確的而別人的想法必然就是錯誤的，其實並不然，若有更多的人能夠理解此一事實，人類將能減少不必要的紛爭，讓世界更加和平！我以為這正是社會學家研究社會所欲達成的終極目標之一，而山口一男教授毋寧希望透過本書的兩則寓言故事，幫助我們在認識自己的同時，也了解並接納與自己不同的他者，使自己能夠認識自己的社會存在之餘，也能包容異己他者，與自己和平相處，朝大同之路邁進。

（本文作者為時事評論家、作家、讀思寫文字溝通表達力的專業講師，長期經營部落格「Zen大的敦南新生活」。）

〔推薦序〕

學習可以很有趣

劉瑞華

我在大學裏教經濟學，曾經很天真地嘗試過用文學作品當教材，目的除了拿小說故事當作舉例分析的對象，也希望學生們能發現閱讀的樂趣。不過，所選出的小說裏能夠用來討論經濟學的篇幅都相當有限，通常只能以鼓勵閱讀為藉口，在參考書目中夾帶小說。在經濟學術圈裏很早就有人指出，童話小說《綠野仙蹤》（*The Wizard of Oz*）的作者包姆（L. Frank Baum, 1856-1919），藉由小說來抗議當時美國的貨幣政策放棄白銀，改採金本位。了解作者寫作的背景可以增加不少閱讀的趣味，不過小說的故事好看才是關鍵，因此我經常提醒同學，小說的解讀值得一看，可不能代替小說本身。

也許很多人已經發現，現在的大學教科書經常用很活潑的方式撰寫，而且版面安排也色彩繽紛，盡量做到好看、易讀。可是我始終還是覺得寫作架構的差異，會影響閱讀的感受，教科書畢竟不是文學小說，而且我一直相信沒有能夠兼顧學術解說與閱讀樂趣的寫作方式。然而，當我拿到山口一男教授寫的這本《多樣性》，我在閱讀中不斷地感覺驚訝。他不顧一本書該有的寫作格式，卻峰迴路轉，一直吸引我繼續看下去。

我很好奇這本書在書市裏該分在「文學類」還是「非文學類」。因為兩種寫作在書中交叉進行，而且都相當精采。從目的上看，山口教授是用寓言故事來介紹說明社會學與經濟學的一些重要理論，可是故事裏的細節絕非舉例說明式的刻板呈現。全書分成兩個部分，第一部分包括寓言童話以及故事中應用到的學科理論；第二部分是另一個故事，設定在大學的課堂上，教授與學生們討論一個大家普遍熟知的〈獅子與老鼠〉寓言故事，卻因為這個故事在美國與日本的版本不同，而引發了有趣的上課過程。

正因為這本書在分類上都有點為難，所以恐怕不能登上某一類書的暢銷排行榜，我要在此特別為它抱屈。女孩米娜的故事不論在情節或文字方面都有特殊的風格。尤其是故事裏敘述的學術理論都因為設定的場景，而更容易理解，有些甚至可能成為老師上課時舉例說明的典範。至於第二個故事，不僅探討了東西方文化差異，更讓我們看見今日日本年輕世代社會問題的研究發現。而且，最難能可貴的是，這些原本相當艱難複雜的理論，經過故事的連結竟顯得清楚而有趣。

看完這本書，我想起我的學生們。教書這麼多年，經常有畢業很久的學生回到學校，閒聊之間會發現學生早已忘記我在上課時一再強調的論點，卻記得一些不經意所說過的趣事。也許學習都應該有趣，也許有趣才能有學習。

（本文作者為清華大學經濟學系教授）

〔推薦序〕

不同的文化，蘊含豐富的人性

徐瑞廷

我因為工作的關係，時常有機會和來自各個國家、各種背景的人工作，也常常要和不同行業的高階經理人進行溝通與交流。對於本書以多樣化（Diversity）為主軸，嘗試著以說故事的方式，來帶出社會科學的概念與美日文化的差異，覺得很有啟發性，也感覺這裏面有很多概念具有商業上實務的價值。

本書前半以一個奇幻故事，來說明幾個社會科學的概念。其中作者設計了一個橋段：一對夫妻因為一開始互相不想讓步，而最後兩人都沒飯吃，來說明大家可能耳熟能詳的「囚犯的困境（Prisoner's Dilemma）」。面對同樣的困境，女主角米娜則採取了不同的策略，對一個沒有互信基礎的陌生人，除了一開始願意選擇自己讓步之外，也讓對方知道讓步對雙方最有利，最後順利地達到了她的目的，取得了水喝。

在商務上，我們也常常利用類似的手法，在讓步對兩邊都最有利的場合，如果想讓兩邊都能順利讓步，除了自己得有勇氣讓步、甚至冒著被占便宜的風險之外，很重要的一點就是 **signaling**，也就是發送信號，讓對手知道自己即將讓步的意圖，以及對於對手也讓步的期待。

此外，書中提到的「統計的選擇性偏差（Selection Bias）」，也是人們在邏輯思考上常犯的一個錯誤。作者用一位農夫祈雨的例子來說明，該位農夫經統計發現，他對天祈雨的話五十天內不會下雨，可是不祈雨的話，七天之內必會下一場雨。因此他得到一個結論，就是「太相信一件事情，反而會引發相反的情況」。後來女主角米娜發現，這名農夫都是在不下雨的季節才祈雨，也難怪無論怎麼祈禱都不下雨。

在幫助許多企業解決問題的同時，我們也時時警惕自己不要陷入選擇性偏差的迷思。比方說，在協助某家電品牌商擬定策略的過程中，做了些相關性分析之後發現，有做店面建設的零售店銷售業績都比較好，但是這也不一定能夠完全證明店面建設能刺激銷量，因為有可能這些店面剛好都在比較好的地點，例如購物中心內，而這些地點對店面建設原本就有比較高的要求。刺激銷售量的主要原因其實是地點，而非店面建設。

為了防止這種偏差，除了書上提到的縱貫式調查，確保取得足夠樣本之外，在實務上也可以用其他角度來做交叉比對（Cross Check），以上個例子來說，如果能夠針對消費者，利用焦點小組討論（Focus Group）或消費者調查，來了解到底店面建設是否會促進消費者購買意願，同時再從競爭對手角度，了解是否競爭對手也有店面建設越好、銷售量越大的趨勢。如此一來，便有可能在比較短的時間內有效避免統計的選擇性偏差。

本書後半段則是一個教育劇，作者比較〈獅子與老鼠〉的四個版本（美國版、日本版、現代美國版與現代日本版），來說明美日兩國的文化差異，另外也說明了時代的演變對兩國文化的影響。除了故事寫得相當細膩之外，劇中人物對故事情節與討論的內容更是令人拍案叫絕。

個人由於有不少服務美日兩國客戶的經驗，也常與公司裏美日兩國同事共事，更代表過日方與美方談判，對書中所描摹的兩國的文化差異有深刻的體驗。記得有一次面對一位客戶的抱怨，美國老闆曾經提醒我：「Never say sorry, because there's nothing we did wrong（沒啥好道歉的，因為我們沒做錯事）」，相對於另外一個處理客戶投訴的場合，日本老闆的反應是：「とりあえず謝れ！（別管誰錯了，先向客戶說對不起）」。這個和劇中美國版與日本版的故事有相當類似之處。

其他書中提到的美日兩國人的思考邏輯，像是相對於美國的罪感文化，日本是恥感文化。美國人認為兩邊對等才有可能成為好朋友，日本人則認為地位高與地位低之間還是能建立情感等等，都極具參考價值，也建議有機會與美日兩邊有往來的朋友一讀。

最後附帶一提，「多樣化」恰巧也是本人所屬公司波士頓顧問公司（Boston Consulting Group）重要的價值觀之一。我們的顧問來自各種不同的背景，有學金融的、有工程師、有醫生、有律師、有會計師、有搞廣告出身的、也有具銷售經驗的。我們相信，這對我們協助大企業解決各式不同的複雜難題有很大的助益，因為每個專案要求的能力不盡相同。舉例來說，有些專案需要能夠天馬行空的人來提出有創意的點子，有些需要細心規劃的能力，有些則要求建立複雜模型與處理大量數據，而這些能力通常很難在同一個人身上發現。

希望藉由此書，能讓您更體會到「多樣化」的重要性。

（本文作者為波士頓顧問公司（BCG）合夥人兼董事總經理、台北分公司負責人）

少了一顆鈕釦的米娜，與魔法師卡茲

社會科學的奇幻世界

某星球上的人們和「我的」衣服

宇宙中有無數顆星球，每一顆星球都有它自己的故事。

這是一則關於某個星球的故事。

在這個星球上，當孩子出生的時候，父母會送他一件很特別的衣服。隨著孩子的成長，那件衣服會跟著增大，而衣服上的特色也會逐漸改變。

那件衣服和別的衣服不同，無法自由穿脫，它就如同幾乎毫無重量的外套，輕柔地罩在你的衣肩上。

不過，也有些人會覺得那件衣服非常沉重。

而且每個人衣服上的紋飾、顏色和質地，都各不相同。有的紋飾濃粗顯眼、或是巧緻細膩；有的顏色對比強烈、或是沉穩柔和的同色系；有的質地柔軟光滑、或是粗糙得刮手。

當這個星球上的人們提到「我的衣服」時，他們說的可不是能夠隨意穿脫的普通衣物，而是專指那件奇特的衣服。

那件衣服有七顆鈕釦，一律是前開襟款式的。在這個星球上，這七顆鈕釦各自代表著不同的意義，也象徵著穿衣服的人所具有的能力與特質。

例如，最上面那顆鈕釦代表「創造與美感」，顯示其具有創造嶄新與美麗事物的能力。若是這顆釦子精巧華美，那麼這個人將來很可能成為偉大的科學家、藝術家，或是魔法師。

第二顆鈕釦代表「思考」，顯示其人善於獨立思考，絕不隨便跟風或沿襲別人的想法。相反，假如這顆釦子既醜又小，就表示這個人缺乏中心思想。因此，父母對這顆鈕釦以及第三顆鈕釦，總會特別花費心思加以打造。

第三顆鈕釦表示「健康」，亦即不容易生病，即使生了病，亦具有自然康復的能力。

第四顆鈕釦代表「情感」，顯示這個人對周遭的人、事、物，極為重視和珍惜。

第五顆鈕釦表示「努力」。在這個星球的人看來，如果這顆鈕釦堅實又亮麗，即表示這個人比別人努力實幹。儘管這種說法不知道可不可靠，但大家都認為這樣的人必能在社會上出人頭地。

第六顆鈕釦代表「誠實」。如果這顆釦子呈現藍色，即表示這個人誠實耿直，若呈現紅色的話，則表示這人很會東誆西騙。這個星球上所說的「謊話滿江紅」，正是由這顆釦子的顏色而來的。

最後的第七顆鈕釦代表「朝氣」。倘若這顆釦子碩大亮眼，即表示這個人性格開朗，遇到悲傷與痛苦的事情，照樣能夠樂觀地活下去。

不只是鈕釦可反映諸多現象，從衣服的紋飾與顏色、質地上，亦可看出穿著此衣的人具備的各種特質。但話說回來，由於鈕釦或衣服的特色，在不同人的眼中都不一樣，所以，沒有人可以明確地辨識出何謂真正的鈕釦、紋飾、顏色、衣料質地是什麼模樣。

況且，這件特別的衣服，不僅會配合身體的成長，也會隨著這個人的言行舉止而出現變化。因此，擁有這件衣服的人，同樣很難知道它的真實樣貌。只是當他長大成人之後，這些特色幾乎就不再改變了。

此外，這件奇特的衣服還有個特點：父母和孩子的全名以及父母的職業，都會織在衣領的背面上。

比方說，愛麗絲和馬提克這對夫婦同為數學家，他們有個孩子名叫彼特。這時，彼特的衣領背面就會織上「數學家愛麗絲與數學家馬提克之子，彼特」的文字。

由於彼特這個可愛的名字很討人喜歡，因此常被這星球的父母拿來命名。不過，等到男孩長大以後，若還被喚作彼特，似乎有些難為情；於是很多名叫彼特的男孩，在成人以後會改名為派特。

只有六顆鈕釦的米娜

在這個星球上，有個女孩名叫米娜。

織在她衣服上的全名是：

「畫家艾姆愛姆與醫生耶姆堤之女，米娜」

遠遠看去，這女孩穿著一件不起眼的灰色衣服。

不過湊近一瞧，就會發現她的衣服摸起來比銀狐的皮毛還柔滑，還隱隱地泛著銀色光芒，實在美極了。

尤其是在下雨過後，經過水蒸氣的折射，那衣服輝映出七彩的幾何圖案，充滿著絕妙的神祕之美。

在這個星球上，如果穿著的衣服上有漂亮的幾何圖案，即表示這人具有卓越的「數理才能」，擅長數學與邏輯思考。

另一方面，假如身上的衣服呈現出各種柔美的曲線圖案，即表示這人具有詞藻豐富的「文

學才能」。

儘管米娜的衣服足以令人讚嘆，可她小時候卻很討厭它。

不知道什麼緣故，她的衣服上只有六顆釦子，缺少第七顆代表「朝氣」的鈕釦。少了這顆釦子，使得米娜時常悶悶不樂。

她幾乎不曾開懷大笑，而且一旦心情低落，就得比其他人花上更多時間，才能走出悲傷。

不僅如此，其他孩子們發現了米娜沒有第七顆鈕釦，便經常取笑她、戲弄她，有時還惡意地喚她是「只有六顆鈕釦的米娜」。為此，米娜的心靈飽受摧殘，每一天都是痛苦的煎熬，真想求死以換得解脫。即便不能這麼做，她還想找個沒人的地方，自己過日子算了。

米娜的衣服除了缺少第七顆釦子之外，可說幾近完美；但是每當她沮喪的時候，實在無法感謝父母的恩惠，反倒對於他們忘了縫上鈕釦這件事，懷有強烈的恨意，並十分沮喪。

其實，也不能怪米娜會這麼傷心，甚至恨起父母來。畢竟她身旁的人，全都穿著七顆鈕釦的衣服，唯獨米娜一生下來，身上的衣服只有六顆釦子而已。

不管是誰，若發現自己和旁人不同，就會自我懷疑是否有某種缺陷，為此感到莫名的自卑。如果又遭到其他小朋友們的譏諷和欺侮，更是無法釋懷。

不過，米娜是個敏感又善良的好女孩。

米娜的父母艾姆愛姆與耶姆提兩人，因為這無法挽回的失誤——忘記縫上第七顆鈕釦，長年來始終自責不已。不過，米娜年齡稍長以後，逐漸明白爸媽的心情，在談到其他人的衣服時，她也學會盡量不會觸及鈕釦的話題，不在他們面前露出憂傷的神情。

除此之外，為了避免聽到別人在無意中脫口說出：

「咦？那個女孩少了一顆釦子！」

米娜總是盡量保持低調，也不和其他小朋友們一起玩耍，每天只獨自看看書、和自己說說話，以減少聽到那些話語時的傷害。就這樣，她漸漸長成一位文靜、喜歡深思的女孩。

可是，在米娜的心底，總是有股揮之不去的哀傷。當她碰觸到這片陰影，腦中必定會浮現出一幕景象。

在那個畫面中，艾姆愛姆懷抱著幼女米娜，哭得非常傷心。儘管耶姆堤在身旁安慰著艾姆愛姆，但他的語聲模糊聽不真切。

米娜認為艾姆愛姆大概是為了她而哭的。因為艾姆愛姆嚎啕痛哭之際，米娜可以感受到媽媽使勁地把她摟在懷裏。

米娜隱約記得，當時年幼的她說著：

「媽媽，不要哭。」

不過，艾姆愛姆反而放聲大哭，讓米娜非常害怕。

自從米娜懂事了以後，便認定那天艾姆愛姆哭得那麼傷心，想必是因為她忘了縫上第七顆鈕釦而悔咎的舉動。

米娜從來不曾向艾姆愛姆和耶姆堤說起那段記憶。她在少女時期以後，便下定決心不再回首過去，要把一切悲傷的記憶都深埋在心底。

而且，為了不讓別人的無心之言傷到自己，也為了不再回想起悲傷的往事，米娜盡量一個人獨處。

也因此，除了數學家愛麗絲與數學家馬堤克之子的彼特是個例外，米娜幾乎沒有朋友。她偶爾會和彼特討論一些很難的數學題目，或是聊聊數學的有趣之處。

由於數學不用牽扯到複雜的人際關係，還能讓心情平靜下來，因此成了米娜喜歡的科目。

在這個星球上，學校並不是以考試決定成績的。學生只需要把學習過的科目，就自己思考與理解的部分寫下來交給老師，由老師批閱後個別與學生討論，並且記錄進度即可。這就是他們的教學方式。所以，這裏的小孩們從沒有因為討厭考試，或是考試成績很糟糕，因而討厭數學這門課的。

米娜住在一個面海的港邊小鎮上。

他們一家人原本住在大城市裏，耶姆提就在城裏的大醫院工作。在米娜出生後不久，他決定到這個港邊小鎮當個診所醫師，全家才搬過來的。

「為什麼要搬來這裏呢？」米娜經常問爸爸。

「我覺得全家人在這裏可以過著更悠閒的生活呀。」耶姆提每次都是這樣回答。

某一天，米娜從朋友彼特那裏聽到一則很奇妙的傳聞。

據說，從這處港邊小鎮駕船出發，朝北方直航的話，可以到達一座島嶼。這座島嶼是由偉大的魔法師卡茲所統治的，因此叫作「卡茲島」，又稱為「謎島」。想要見到魔法師卡茲，必須經歷過重重困難與危險，不過只要能見到他，便能夠實現一個願望。

聽到這個傳聞以後，米娜心想：

「魔法師卡茲一定能夠賜給我第七顆鈕釦！」

從這一天起，少女米娜決定在成人之前應該做點什麼——她要學習航海技術，成為一位航海員。

這個決定雖然只是平凡的夢想或希望，但卻是她心中的重要支柱。

米娜只因為缺了那顆代表「朝氣」的鈕釦，才時常感到沮喪，甚至對艾姆愛姆和耶姆堤不太諒解。不過，米娜很討厭自己這種心思。因此她心想，倘若從魔法師卡茲那裏得到那顆鈕釦的話，或許就能徹底地趕走那灰暗的思想。

而米娜倚憑的正是這個想法。

對米娜來說，一旦成為航海員就必須離家生活，而這正是她求之不得的。她從小時候就發現，比起家裏其他擁有完整七顆鈕釦的兄弟姊妹們，她是父母艾姆愛姆和耶姆堤的心理負擔。儘管父母對她呵護備至，但只要待在他們的身邊，她總覺得自己是個累贅，而這也給她帶來極大的精神壓力。

當米娜把想當航海員的願望，告訴了艾姆愛姆和耶姆堤的時候，他們非常吃驚地問其原因。對他們而言，總希望米娜能夠找份離家不遠的工作，永遠待在父母的身旁。

換句話說，艾姆愛姆和耶姆堤不希望米娜離開他們的視線範圍，若讓這個「天生少了一顆釦子的可憐米娜」孤伶伶地在外生活，他們實在放心不下。

面對這樣的詢問，米娜只說自己喜歡大海啦、想要從事技術性的工作啦、還想看看這個廣大的世界啦等等，並沒有道出心裏話。

米娜之所以這樣回答，是因為不想讓爸媽擔心這次旅程充滿危險之外，同時她也害怕他們知道，至今她仍對缺少第七顆鈕釦而耿耿於懷，而這些事必定會讓他們掛心不已。

艾姆愛姆和耶姆堤對米娜的願望頗不以為然，也不十分贊同，但他們並沒有強烈反對，而且最後還告訴米娜，只要這是她想做的事，他們都將全力支持。

在米娜生活的社會中，學習航海技術的幾乎全是男生，米娜因而受到了不少異樣的眼光，但她絲毫不放在心上。對身材纖瘦的米娜來說，從羅盤方位辨識、根據星象變化來測定船隻位置、船舵操縱、天候預測、外國語言，她全都按部就班地確實學會了，甚至揚帆與收帆的粗活也沒把她難倒。

在米娜過完二十二歲生日三月的某一天，她終於領到了航海員的資格證書。在這個星球的社會裏有個習俗，孩子完成學業的時候，父母會為他們準備畢業禮物祝賀。於是，米娜如願地從父母那裏得到了一艘小帆船。

航向魔法島

就在這年春天的某個日子，米娜獨自一人駕著船出發了。當然，她的目的地正是魔法師卡茲居住的謎島。

她之所以趕在夏天之前出航，是考慮到北方的海上很冷，又得花上幾個月，才能抵達那個小島。

在這趟航程中，米娜遭遇過暴風雨的撲襲，還曾經被鯊魚群包圍，令她飽受驚嚇；不過，也出現過一大群好奇的海豚，在帆船的四周爭相躍出海面，讓她度過了一段歡樂的時光。每當她專注在新鮮事上的時候，總覺得時間過得飛快。

可是，在雲層掩住星光的某些日子裏，寂靜黑夜的海上，總讓米娜感到格外恐懼。她感到害怕，並不是因為孤單一人。

對一般人而言，獨自在海上航行，孤獨的滋味是難以忍受的，但對向來習慣獨處的米娜來說，這根本算不上痛苦。

米娜擔心的是，即便幸運地見到魔法師卡茲，假如他的法力沒辦法賜予她充滿「朝氣」的鈕釦，那該怎麼辦呢？

這些年來，米娜始終寄望和魔法師卡茲見面後，便能求得那顆鈕釦；可如果卡茲根本沒有那種法力的話，她將頓失心中的依靠。

而且一旦開始悲觀，心情便會更加低落。

她因而決定不再思索這些，現在只管奮勇向前，不論未來會遇到什麼危險與困難，她都要見到魔法師卡茲——米娜這樣告訴自己。

經過漫長的航行之後，在夏天已近尾聲的某天早晨，米娜終於抵達了傳說中的謎島。

在小島的南邊有處海灣，看上去宛如島嶼的迎賓門。岸上豎立著一塊偌大的告示板。

告示板上寫著這樣的文字：

這座島上住著兩種人：第六顆鈕釦是藍色的人，還有第六顆鈕釦是紅色的人。藍鈕釦的人秉性誠實，絕不會說謊；紅鈕釦的人很愛撒謊，而且說的總是與事實相反，必須特別留意。此外，島上的標記和告示板皆可相信。

魔法師　卡茲

「這個謎島還真特別呢，竟然只住著兩種人。原來『卡茲』[1]是那名魔法師的名字呀，想必他是個很善良的魔法師，因為他特地提醒入島者需注意哪些事項。還真是體貼入微呀……」

米娜不由得喃喃說道。

岸邊有一條路標示著「前往魔法師的宮殿」，於是米娜毫不猶豫地便往那條路走去。

第一關

米娜從海邊朝小島中央走了片刻，來到了雙岔路口。每條岔路上都有一扇門。

在兩扇門的中間，站著一位神情嚴肅的守門人。在他身旁立著一個告示板，上面這樣寫著：

有一扇門可通往宮殿，另一扇門將通向充滿毒蛇蠍的沙漠。往前已沒有其他道路。而你只

1 作者注：卡茲名字的由來是取自《綠野仙蹤》裏的巫師Oz、作者小名（Kaz）和「數」的日文發音的雙關語。

能詢問守門人一個問題。守門人只會以「對（是的）」或「錯（不是）」回答一次。

「情況真是糟糕呀，這是第一關吧。」米娜不由得嘟囔道。

可後來又想，既然能向守門人發問，那就不用擔心了。

米娜朝守門人的第六顆釦子瞧了一眼。恰巧那顆釦子竟被其衣料給遮住，無法分辨它的顏色。她抱怨這個做法真是狡猾，可也沒辦法了。於是，她只好尋思該如何應對。

她首先想到的是，如果她指著右邊的門問道：

「守門人先生，請問這扇門可以通往宮殿嗎？」

那麼，對方會如何回答呢？

假如右邊的門可以通往宮殿，誠實的人會回答「對」，而說謊者必然會回答「錯」。不過，米娜立刻察覺到，現在她還不曉得守門人誠實與否，所以不能這麼問。

米娜心想，假如能夠問兩次，那就容易了。

比方說，

「您的第六顆鈕釦是藍色的嗎？」

但這種問法還不夠周全，因為不論是誠實或是說謊的人，都有可能回答「對」，因此不能

這樣提問。假如改成詢問，

「守門人先生，請問您聽得到我的聲音嗎？」

這麼一來，就能分辨出守門人是誠實以告或在說謊了。如果守門人回答「對」，表示他是誠實的；而回答「錯」的人，肯定是在說謊。之後，再問哪一扇門可以通往宮殿，就能夠得到正確的答案了，可是現在……

只能提問一次，的確是很嚴苛的規定。

「傷腦筋呀，我得想想其他的問法才行。」

這確定是個難題，但聰明的米娜立刻想起在邏輯課裏學過的某項定理：不論是1乘以負1，或是負1乘以1，答案都是負1。根據這個規則推論，「否定正確的事情」和「肯定錯誤的事情」，都會得到錯誤的答案。

如果能應用這項定理擬出一道問題，使得不管是誠實的或是說謊的守門人，其回答都是與事實相反的，這樣就能順利得到她想要的答案了。簡單地說，只需要設計出一道問題，使自己能根據他的說法，予以否定誠實者的回答、肯定說謊者的回答，就可以立刻找出正確答案了。

於是，米娜這樣提問：

「守門人先生，假如有一個人，他的第六顆釦子的顏色，和您的釦子顏色不一樣，當我問

他右邊的門是否可以通往宮殿時，他會怎麼回答呢？」

為什麼米娜會這樣發問呢？理由如下：

假設右邊的門正是通往宮殿的大門，這時候，誠實的守門人曉得另一個會說謊的守門人將回答「錯」，他便會把這個情況如實地傳達給米娜，告訴她對方的回答是「錯」。相反地，如果眼前的是一位會說謊的守門人，他分明知道另一個誠實的守門人將會回答「對」，基於自己說謊成性，他會告訴米娜，對方的回答是「錯」。

反過來說，若是左邊的門才是前往宮殿的大門，在這種情況下，誠實的守門人曉得另一位會說謊的守門人將回答「對」，於是依言轉達其答案是「對」。而如果面前的是會說謊的守門人，明知另一位誠實的守門人將回答「錯」，卻仍會告訴米娜答案是「對」。

結果，這位守門人回答的是「對」。

於是米娜便穿過了左邊的那扇門。

或許是秋天早一步造訪了這座位於北方盡頭的小島，米娜穿過大門以後，發現自己走在一條楓葉夾道的小徑上，而路旁盡是綿延不絕的紅黃相互輝映的樹林。

卡伯先生的山羊乳酪鋪

在兩旁楓紅林木的簇擁之下，彎彎曲曲的蜿蜒小徑向前延伸而去。

米娜走了一個小時左右，路旁的樹木漸稀，映入眼簾的是一片開闊。小徑在此處又分為兩條路了。

一條是金黃色的，另一條則是黃綠色的，兩條路都是明亮的顏色。

不曉得為什麼，這裏沒有道路標示。米娜湊近前去一看，發現原先似乎有塊立牌，但現在只剩下一根棒子，牌板的上半部已經不見了。

米娜環顧四周，卻怎麼也找不到那塊牌板的殘片。

（真糟糕，該往哪條路才對呢？）

米娜抬眼望去，在金黃色小路前方的不遠處，有兩間看似農家的房子。或許上那裏打聽一下，可以問得到路。

她往房子走去，看到在房子旁邊的柵欄裏養著約莫二十頭肥胖的母山羊，周圍盡是青翠的草地。那群山羊大概是吃了這片嫩草才長得如此肥碩的吧？看來，這裏是畜牧山羊的酪農家。

大房子看似住家，小房子應該是店鋪。

店鋪外的招牌寫著「卡伯先生的山羊乳酪鋪」。米娜走進店裏，發現貨架上堆滿了五公分立方大小的金黃色乳酪。

可是，店裏面沒有人。米娜便轉往另一處住家，揚聲問道：

「不好意思，請問有人在家嗎？」

不一會兒，走出了一位面露愁容的圓胖中年男子。他右手握著一柄小刀，左掌心拿著一塊布滿削切刀痕的乳酪碎塊。

「妳好，我是卡伯先生[2]。」

米娜看見他愁眉不展，忍不住問他：

「請問出了什麼事嗎？是不是發生了令人遺憾的事情呢？」

「哪兒的話，我過得非常幸福呢！」卡伯先生又連忙補充，「這附近沒什麼牧草，所以山羊

2　譯注（除非特別註明，其他皆為譯注）：這個名字的由來是Mr. Cube，意譯為「立方體先生」。

卡伯先生的
山羊乳酪舖

全都瘦巴巴的，也擠不出太多奶汁。可我好歹總算開起了這家專賣山羊乳酪的小店，所以想讓魔法師卡茲大人和宮殿裏的人們也嚐嚐這種美味，特地送去了一些樣品。沒想到，卡茲大人卻說：『我最喜歡四方形的，尤其是正方形的。若是三角形和五角形尚可接受，就是不喜歡六角形的，更討厭那種正六角形的。』」

卡伯先生說完，便「啊啊」地嘆了口氣。

米娜根本聽不懂最後那段話，正打算詳問卡伯先生時，他又迸出一段莫名其妙的話：

「問題是，我店裏的乳酪全都是一個樣兒，如果把它重新切成六角形，就沒法切出多餘的邊角了。不過，可以糟蹋掉那麼多乳酪，我可高興得很呢。」

米娜仔細端詳著握在他手裏的乳酪塊，這才明白原來他為了要切出六角形，才把乳酪塊削割得不成樣子了。

米娜實在沒辦法了解卡伯先生這番七零八落的說明，心想，如果有其他人在店裏，或許向別人問路比較妥當。於是試著問了問：

「請問，只有您一個人在店裏工作嗎？有沒有其他店員在呢？」

卡伯先生聽完，滿臉自豪地回答：

「怎麼可能，才不只有我一個人呢。我在這一行已經做了三十年，但還是個資淺的乳酪師傳，儘管如此，還是有許多喜愛吃我的乳酪的人們和我一起工作呢！」

米娜正想開口反駁，「可是，這裏沒有其他人呀……」的同時，她倏然發覺到，卡伯先生身上的第六顆鈕釦是紅色的。以此推想，他所講出來的話，必定與事實完全相反。

於是，米娜暗自思忖：

「也許卡伯先生正在為此事煩惱。因為魔法師卡茲最討厭正方形，不願意購買卡伯先生的正方體乳酪；但若送上他最喜歡的正六角形乳酪，就願意買下來。可是這麼一來，便得削切掉很多的邊角，十分浪費，這讓卡伯先生難過極了。」

為求慎重起見，米娜向卡伯先生確認此事，只見他搖頭否認。果真被她料中了。

看著愁眉不展的卡伯先生，米娜很想幫幫他。儘管他說話前後矛盾，但實在不像是個壞人。可該怎麼幫助他才好呢？

這時候，她突然想起了以前和彼特玩過的數學謎題，其中就提及「從四角形乳酪也能切出六角形」的竅門。

「讓我想想，那是怎麼切的呢？」

米娜很快地便想起謎題的解答來，並且當場數次示範給卡伯先生看。只要將小刀擺好特別

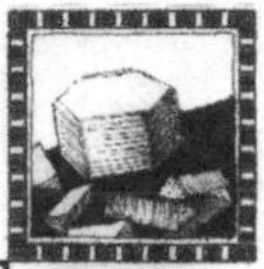

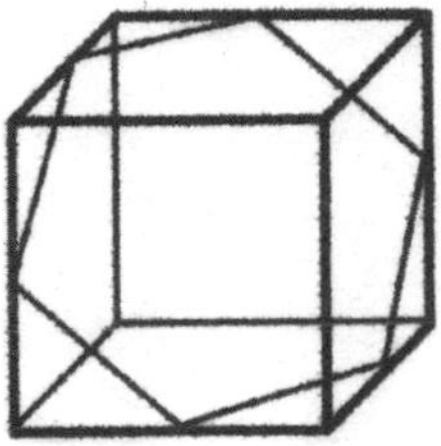

從四角形乳酪也能切出六角形

的角度，一刀將正方體對半斜切成兩塊，截面就會是正六角形，而其他的也會跟著變成三角形和五角形，不再是正方形的了。

卡伯先生見識到這種切法，欣喜若狂地大聲嚷道：

「我在作夢嗎？這太神奇了！」

米娜看見卡伯先生如此高興，自己很是欣慰，但旋即想到有要事還沒解決，便問了卡伯先生：

「請問通往宮殿的路是金黃色的，還是黃綠色的呢？」

「是黃綠色的路。」

卡伯先生回答後，又刻意指了指自己身上的第六顆鈕釦給米娜看，並看著米娜踏上金黃色的小路時，這才露出了如釋重負的表情。

與此同時，卡伯先生趕忙抓了幾粒正方體的乳酪，連同米娜方才示範削切的乳酪一起包起來，追上去將它塞在她的手中：

「這東西難吃極了，我想一定不合妳的口味。」

由於米娜下船以後即沒有進食，早已飢腸轆轆了，她當下就咬了一口。這乳酪的滋味，實在是美味極了。

「真好吃！」

聽到米娜的讚美，卡伯先生的臉上泛起了笑容。米娜不由得心想：

「乳酪重要的是它的風味呀。怎能因為討厭四角形和喜歡六角形，就要求改變乳酪的形狀……。看來，卡茲還真是個任性又古怪的魔法師呢。」

佩蒂與羅格斯的理性選擇之家

米娜往宮殿的路上稍走了片刻，視野就豁然開朗，一片連綿的馬鈴薯田在眼前。在遠方，群山疊映，森林一片蒼鬱。

自從米娜登上了這座小島以後，除了「卡伯先生的山羊乳酪鋪」以外，就沒看到其他房子了。但是走到這裏，有數處的民宅和穀倉，想必它們都是栽種穀物的農家吧。

直到這時候，米娜才突然覺得喉嚨乾渴得很。

當她駛抵小島的海灣時，在航程中蓄存的雨水已經喝光了，上岸以後，偏偏又沒找著水井和山泉，因此她幾乎是滴水未進。

米娜又走了一陣子，終於在某個農家旁找到了一處水井。她心想，或許這戶人家願意分她一些水喝。

這戶農家掛著一面偌大的門牌，上頭寫著「佩蒂與羅格斯的理性選擇之家」。這個名稱還真是奇特呢。

「請問有人在家嗎？我可以向您們討些水喝嗎？」米娜在門口喊著。

沒多久，有個年齡看似不老，但卻眼窩深陷、形銷骨立的高瘦男子，一臉茫然地踱了出來。在他身旁，是一名神情同樣憔悴的女子。

看來，那男子可能是羅格斯[3]，而女子就是佩蒂[4]吧。他們衣服上的第六顆鈕釦都是藍色的，但從神態上判斷，應該都非常頑固。

「不好意思，我可不可以跟您們要些井水喝。嗯……您們是不是身體不舒服？」米娜問道。

「我們沒事，只是已經三天沒吃東西了，所以兩腿發軟，連打個井水都很困難。」羅格斯回答。

「哎呀，三天沒進食了？那可不得了呀！」

米娜才講完，旋即覺得事有蹊蹺。因為屋旁就是整片馬鈴薯田，而水井旁的柵欄裏也養著一群母雞，地上還滾落著幾只雞蛋。

儘管米娜認為可能不是這個原因，還是開口問了他：

「是因為沒有食物可吃嗎？」

「我們有食物，只是沒人烹煮而已。」

這回換成佩蒂滿臉不悅地回答。

「咦？難道你們不知道該怎麼烹煮嗎？」

「我們當然會呀，可我和羅格斯都必須遵守魔法師卡茲的規定。」

「他不准您們烹煮食物嗎？」米娜驚愕地問道。

倘若真是如此，那麼卡茲還真是個蠻橫霸道的魔法師。

「不，不是那樣的。佩蒂和我最近老是為了些小事吵架，於是我們去請教卡茲大人。比如避免爭吵的方法啦，或者我們乾脆分手算了。結果卡茲大人規定，我們遇到意見不合的時候，就以猜拳做決定。」羅格斯代替佩蒂回答。

「請問您說的猜拳，是『手槍』、『牆壁』、『工人』的那種猜拳嗎？」米娜訝異地問。

3　這個名字的由來是logos，希臘哲學中的宇宙理性。

4　這個名字的由來是Prisoner's Dilemma（簡稱ＰＤ），囚犯的困境。

這種猜拳法，是以「手槍」、「牆壁」、「工人」的兩兩組合，決定勝負的遊戲。「手槍」是把食指和中指併攏伸直，朝前比出手槍的形狀；「牆壁」是將五指併攏，擺成牆壁的形狀往前推出；而「工人」是彎曲食指，向下勾出尖鋤的形狀。雙方猜拳之後，是以「手槍」贏「工人」、「工人」贏「牆壁」、「牆壁」贏「手槍」做為勝負的結果。

在米娜看來，用猜拳來決勝負，未免太馬虎草率了。她不認為以此方式，就能夠解決爭吵的問題。

「不是，在我們的猜拳裏，沒有『牆壁』，只有『手槍』和『工人』。」

「只用『手槍』和『工人』來猜拳?!」

米娜這下子更加詫異了。這麼一來，只要比出「手槍」，不就保證獲勝了嗎？用這種猜拳法，真能分出輸贏嗎？

「猜拳的規則是，輸者必須聽從贏者的意見嗎？」

「是這樣沒錯，不過碰到平手時另有規則。卡茲大人規定：假如兩個人都比出『工人』的話，雙方的意見就各採納一半，而且兩人都得遵守執行；如果兩個人都比出『手槍』，雙方可以不理睬對方的意見，但是也不許自行其事。」

「那又為什麼不能烹煮食物呢？」

「羅格斯和我都認為應該由對方負責烹煮，於是猜拳時都比出了『手槍』，所以就不能煮食了。」這次由佩蒂答道。

米娜簡直不敢相信自己的耳朵。他們要是都比出「工人」，就可以分工合作，或是輪流烹飪了呀。

當米娜建議他們這麼做時，羅格斯卻回答說：

「萬一佩蒂打算出『工人』，我就該出『手槍』取勝才是上策；如果佩蒂想出『手槍』，我則比出『工人』的話，那我就輸啦。我可不願意煮兩人份的餐食呢，而佩蒂的想法也和我一樣。」

至此，米娜已經聽得目瞪口呆了。沒想到這兩個人竟然這麼好強。

她心想，為此討論亦得不出什麼結果，不如回到最初的話題，問問他們能否給她水喝。

「我們可以給妳水喝，但不能平白送給妳，必須同樣以猜拳方式來決定。假如妳贏了，儘管從井裏舀多少水喝都無妨；若是我贏了，妳必須舀兩瓢水過來，倒進這個大桶子裏，而且妳不能喝這些水。如果我們都比出了『工人』，等妳舀完兩瓢水以後，可以去井邊喝水；若是我們都比出了『手槍』，那就什麼事都不做。」

這個提議相當怪異。米娜在思忖了半晌以後，對羅格斯說：

佩蒂與羅格斯的理性選擇之家

「好，我同意。那麼我會出『工人』，你也要出『工人』喔。」

「依照猜拳的規定，雙方不得事先透露底牌。」羅格斯面露慍色地說道。

「是嗎，既然如此，那麼我們不先約定，但我會出『工人』喔。」

「手槍、工人……猜拳！」

羅格斯比出的是「手槍」。

「哈！我贏啦！」他奸笑著說。

「怎麼可以這樣！」米娜大聲抗議。

羅格斯被她的聲音嚇了一跳，縮了縮肩頭。

米娜以水瓢舀了兩趟水以後，開口說道：

「我們再比一次！」

「咦？妳還要再比一次？」

「沒錯，我還要繼續比。這次你可要出『工人』喔。」

「剛才我不是說過，不可事先透露底牌的嘛……」

「嗯，我曉得。可我覺得，這是對彼此的信任。」

羅格斯彷彿有些猶豫，最後又比出了「手槍」。

「太過分了！你怎麼可以這樣呢！」

淚水在懊惱又難過的米娜眼眶裏打轉。倘若再失望下去，恐怕她又會跌入低落的情緒中。

而羅格斯只是露出婉惜的神情。

由於米娜實在口渴得很，第二次舀回兩瓢水以後，又提出比拳：

「來，再來一次！」

「啥？妳還要比嗎？可我們的水已經夠了呀。」

「可是，我想要喝水呀！」

這一回，羅格斯總算比出了「工人」，他一看到米娜也比出「工人」，很明顯鬆了一口氣。

看來，他真是個好強的人。

米娜也終於放下心來。因為她口渴得要命，實在沒辦法一直這樣乾耗下去。

當她又舀回兩瓢水以後，自己終於也喝到水了。

她告別了這兩個人以後，不禁思索著：

「那兩個人，到底打算要捱到什麼時候，才烹煮食物來吃呀？」

佩蒂和羅格斯總不能永遠不吃東西，最後還是有人得先讓步，比出「工人」才行。如果，總是由同一個人退讓，他們終究無法和睦相處下去吧。

米娜猜測，魔法師卡茲一定也是如此考量，才會立下那種詭異的猜拳規則，來讓他們兩人自己決定，到底要互相忍讓，或是只好分手。

第二關

喝了水以後，米娜終於得以稍作休憩。休息完，她又精神抖擻地踏上旅程了。經過馬鈴薯田不久，路旁再度出現了轉紅的林蔭，宛如護送著她繼續前行。

穿過了樹林以後，小徑分成三條岔路，每條路上都有一座門。

這裏同樣豎立了告示板，有守門人站在旁邊。守門人衣服上的第六顆釦子是藍色的，樣貌也十分忠厚。告示板上這麼寫著：

只有一條路可以抵達宮殿，另外兩座門則通往「死亡」之地。僅限這島上的居民，才能向門衛發問。缺乏膽量挑戰的外地人，請速回頭，否則就只能擇一門進入。

「這是第二關吧。這次的規定挺嚴格的……。難道只能祈求幸運之神的保佑嗎……？」

米娜躊躇不前。儘管她聽說過必須克服層層障礙，才能夠見到卡茲，卻實在沒有料想到，竟然必須面臨生死交關的抉擇。

由於米娜少了代表朝氣的鈕釦，從小就覺得活得很辛苦，好幾次都想要以死解脫。可是後來她轉念細想，當兒女的不可以拋棄父母賜予的寶貴生命，自殺同樣是嚴重的罪孽。

而現在這一關，米娜面對的生死抉擇，和自殺的情況又完全不同。但不論米娜死於何種理由，想必艾姆愛姆和耶姆堤都會悲痛欲絕。

「我因為缺少一顆鈕釦，不僅自卑孤僻，而且對艾姆愛姆和耶姆堤十分怨恨，直到今天依然如此。我不願意再這樣活下去了。我希望能見到魔法師卡茲，請他賜給我第七顆鈕釦。自己努力了這麼多年，就是為了這個目標呀，這時候怎麼可以說退就退呢……。就算我的運氣不好，死在這裏，艾姆愛姆和耶姆堤也會明白我的想法的！」

縱使心裏這麼思量，米娜依然猶豫不決。假如運氣差而踏上死路，也只好接受了；但是選錯路以後，將會面臨什麼樣的死法呢？米娜煩惱極了，她真不希望受到痛苦的折磨……。

米娜感覺十分矛盾，因為島上的風光以及沿途欣賞到的美麗紅葉，還有卡伯先生的美味乳酪，全都和沉重的死亡遙不相及。不過，她有個預感，無論選擇哪條路，最終總不至於遭到痛

苦的淩遲吧。

她終於鼓起勇氣，做出了決定。

當她孤注一擲推開最左側的門欲走進去之際，門衛慌慌張張地跑了過來說：

「偉大的魔法師卡茲大人體諒妳來自遠方，特別囑咐：『給妳一次機會吧。在妳所選擇的那座門以外，把通往死亡之地的其中一座門封起來。』」守門人接著補充，「所以我把中間的那座門封起來了。現在，妳要選左邊的門，還是右邊的門呢？二選一，妳有二分之一的機會。」

米娜不由得呢喃著：「二分之一的機會？」

在她看來，無論選走右邊或左邊的門，都沒什麼不同。既然如此，根本沒必要多加推測或改變選擇。

可是她總覺得心頭不舒坦。正確的機率真的是二分之一嗎？

米娜花了很長的時間仔細推敲。最後決定，不選左邊的那座門，改為推開右邊的門。

她為什麼改變主意呢？她推論的過程是這樣的：

門衛轉達的是，「在妳所選擇的那座門以外，把通往死亡之地的其中一座封起來」。假如我所選擇的左門能到達宮殿，那麼中間和右側的門都是通往死亡之地，因此中間的門被封起來，我還有五〇％的機率猜對。

相反地，如果是右邊的門能到達宮殿，我所選擇的左門就一定是通往死亡之地。除了左門以外的兩座門之中，通往死亡之地的只剩下中間那座門了，所以中間的門被封起來，我則有一〇〇%的機率猜對。

換句話說，中間的門一旦被封起來，通往宮殿的門只剩下兩種可能了。假如右邊的門可以到達宮殿，而中間的門又被封起來，那麼成功的機率就更高了。所以自己不該選擇左邊，而應該挑選右側的門才對。

根據米娜的推論，右邊的門才能通往宮殿的正確性，不是門衛所說的二分之一，而是三分之二！

當然，守門人說機率各占二分之一，只因為他誤以為如此。誠實的他不可能說謊，但即便是誠實的人，也未必每句話都是正確的。

還好，每當米娜有所疑惑時，總是經過仔細思考之後，才會做出決定。

很幸運地，右側的門果真可以前往宮殿。不過，這並不僅僅是出於幸運，而是米娜在重要的關頭，不只勇氣十足，更經過了一番深思熟慮，大大提高了選中正確門扉的機率。

哲學村

選對了門扉以後，米娜得以安心地繼續往前走。穿過了小徑以後，眼前景色又變得豁然開朗，沿途不時可看到農家與穀倉。儘管沒有其他的建築物，但只有一條路向前延伸，不必擔心迷路。

隨著傍晚將近，遠處的群山淡影，依然清晰可見，座落在山谷間的平地上有幾戶人家。由於她是朝北走的，眼前的天空暮色漸濃了。

往前直走便可抵達村落的入口。這裏又出現了一座門，看來想見到魔法師卡茲，非得穿過這座村莊不可。

大門上寫著「哲學村入口」幾個字，門旁站著一名門衛。

米娜緊張地想著，難道這裏是第三關嗎？她不自覺地將目光移向守門人的第六顆鈕釦。是藍色的。這名女門衛一臉嚴肅的模樣。

「不曉得她又會丟出什麼可怕的難題來呢？」

米娜有些焦慮起來。她正想探問是否穿過這座村莊，就能到達魔法師的宮殿時，守門人已先開口對米娜說道：

「您想申辦移民嗎？」

「什麼？」

米娜出聲反問。她不明白「移民」的含意。

「恕我失禮了。您是島外人士吧。」守門人注視著米娜身上的「誠實的鈕釦」說道。因為米娜釦子的顏色是美麗的祖母綠，和島上居民的藍色或紅色不同。

「嗯？」

米娜還是不懂女門衛的意思。

「就是指居住在島外的人。方才請問您是否要申辦移民，是指您打算定居在這座村莊，或是只想借道穿越而已。」

「我只是想借道穿越。我想要去魔法師卡茲的宮殿。」

「若是這樣的話，穿過這座村莊是最近的路。我幫您辦理通行許可證吧。請在這張申請表上填寫大名、來自什麼地方、將要前往何處，以及要在這個村莊裏停留幾天。還要繳交通行費十斐羅。」

米娜猜測「斐羅」可能是錢幣的單位。可是她身上沒有這座小島的錢幣。她據實告知以後，守門人說道：

「那麼，根據《島外人士通行證發行相關規定》，免予繳交通行費。但是，您必須出席哲學村的會議，並在會中發表具有建設性的意見。如果主席判斷您的意見具有建設性，即可免繳通行費。」

「具有建設性的意見？」

「也就是有用的意見。」

米娜還是不大明白。她更想知道的是，除了穿過這座村莊的近路以外，是否還有其他的路能夠通往宮殿。於是，她試著請問門衛：

「如果不經過這座村莊，還有其他的路嗎？」

「這座村莊大部分是平坦的椰桔田，平原兩旁是隆起的小山丘，山側便是村界。還有另一條繞過村莊的路，但得爬過一座小山。您剛才走過來的這條路，繼續往前穿越村莊後是座森林，走出森林之後，有條由村民們開闢的小路可通往宮殿。因此，通常是在這裏向過路人收取通行費的。您現在有兩個選擇：爬上小山繞過村莊，或是參加會議發表意見。」

米娜從沒聽過「椰桔」，猜想應該是農作物的名稱吧。她抬眼眺望兩旁的山丘，上面長滿了茂密高挺的樹木，到了晚上恐怕會迷路，便決定要穿過村莊。她在申請書上填入：

「畫家艾姆愛姆與醫生耶姆堤之女，米娜」

「來自南方的島嶼，要到魔法師卡茲的宮殿」

「預計在這村莊裏住一天」

米娜填完以後，便通過了大門。雖說她會在這裏住上一晚，可她並不打算叨擾某戶人家留宿。米娜身上背著睡袋，準備找個不會打擾別人的地方休息，等到天亮以後再出發。

米娜很快就找到了哲學村的會議所，會議正好要開始。會場裏寫著「移民標準之相關討論」的議題。

米娜出示了通行許可證。

「哦，您是島外人士吧，這邊請。」

村民領著她來到了擺有「一般出席者」的第一個座位上。

講台上總共坐了三個人。坐在正中央的座位的人，面前擺著「主席」的桌牌。他的兩側各坐一人，分別面向主席。這三位衣服上的第六顆鈕釦都是藍色的。米娜這時才發現，自從她進入這座村莊以後，還不曾看到紅鈕釦的人。

米娜才剛入座，會議正好開始進行。

「各位，我現在宣布會議開始。今天的議題是，是否要變更移民的標準。也就是說，要不要沿用往例，根據第六顆鈕釦的顏色，來做為接納移民的標準。關於這點，今天特別邀請到分持不同意見的康德[5]先生和莫頓[6]先生二位與會。各位出席者也請自由發言。首先，請康德先生發表意見。」主席首先發言。

「謝謝主席。大家好。我贊成過去的做法，亦即採用第六顆鈕釦的顏色做為移民標準。說得更具體些，我反對第六顆鈕釦是紅色的人成為我們的村民。因為說謊是壞事，我們有陳述事實的義務。我堅決反對不遵守這種義務的人成為本村莊的居民。」康德先生說道。

「我反對康德先生的意見。噢，各位好。」這次是莫頓先生發言，「我認為，就算是說了謊，並不能就此斷定那人是壞人；最終的結果才是關鍵所在。好比魔法師卡茲有時會說假話，但我們曾經因為這樣而吃過大虧嗎？儘管卡茲有些率性隨便，但在多數的情況下，他通常會帶來美滿的結局。所以，真正的關鍵在於，能否得到圓滿的結果。」

---

5 名字的由來是Kant，借用德國哲學家康德的姓氏。

6 名字的由來是Merton，借用美國社會學家莫頓的姓氏。

「哼，魔法師卡茲是個吊兒郎當的人，誰都拿他沒辦法。」康德先生沉著臉說道，「我和莫頓先生持相反意見。假如某個人說謊以後，我們還要依其結果判斷這是良善的謊言、那是惡意的謊言，那我們該如何教導孩子們什麼是正確的、什麼又是不正確的呢？某件事的善惡判斷依據，不該採用結果論，而應該取決於行為本身的好壞。說實話就是對的，說謊話就是錯的，況且，真相只有一個。假如認同了謊言，那麼真實和虛假就會混淆不清了。」

「不對不對，康德先生說『真相只有一個』，才不是那樣呢。各位應該還記得預言者艾特和槲桔種籽的故事吧。這個古老的故事告訴我們，預言是否會成真，端看我們是否相信它。哎，或許年輕人沒聽過這個故事吧。那麼，我先來講一講。」

於是，莫頓先生便開始娓娓道來。

「誠如各位所知，本村莊的特產是槲桔粉，以及由槲桔粉烘焙的麵包。

「農夫們每年都會從採收一整年份的槲桔種籽裏面，挑選一部分送到共同貯存庫，以供明年播種之用。其餘的，則由各農家賣給村裏的碾製廠。到了初春，貯存庫再把種籽分發給農夫們一起播種，培育當年所需的幼苗。

「大家共同貯存與分配苗種，是依照很久以前村莊裏的決議。這是因為農夫們競相種出優良的椰桔雖是好事，但他們希望不是由於種籽的良莠有別，而是大家都使用品質相同的種籽，各自施展不同的培育技術。而最終種出了優質椰桔的農夫，就能賣得好價錢。

「可是，這項制度有個漏洞。我想，我們村裏面應該不至於有這種人吧，但的確可能有壞心腸的農夫，將品質優良的種籽留下來賣給碾製廠，而把品質不佳的種籽送到貯存庫。這麼一來，隔年的苗種品質實在堪慮。

「所以，我也可以理解，為何康德先生要強調『誠實最重要』。

「為了避免發生這種情形，村民們設計了一套流程，由貯存庫的人員來篩選要收進貯存庫裏的種籽，而不是由農夫自己挑選運送。大家就在這套共享優良種籽的制度下，成功地改良了全村的椰桔品種。

「可是到了某一年，有位名叫艾特的島外預言家，來到了這個村子。他說自己通曉控制天象的魔法。艾特擁有一支在夜晚也會發光的棒子，還有一只會傳出雷聲般的箱子，讓村民們非常驚怕。

「起初，沒有任何人相信他擁有控制天象的魔力。

「直到有一天，艾特做了一個預言：

「『明天將是萬里無雲的好天氣，但到了正中午，太陽就會消失。』

「所有的村民都當他在胡言亂語。然而，第二天卻真的發生了如他所說的不可思議的景象。那光景既恐怖，又美得令人炫目。原本從葉縫間灑落的陽光，其形狀宛如新月般的嬌美；可是到了正午時分，太陽倏然消失，過了一會兒，才又映射出耀眼的光芒。

「從那一天起，大家就開始對艾特的強大魔力深信不疑。

「各位都知道，椰桔不耐日曬。幸好那一年算是雨水豐沛，可是不曉得哪一年又要乾旱缺雨。屆時，想必艾特的魔法能發揮很大的功效吧。村民們如此盤算著，無不將艾特奉為上賓。

「過了些日子，艾特想娶村裏的某個姑娘。可那位姑娘不喜歡艾特。但有些村民主張，她應該為了村莊而嫁給艾特。

「於是，村民們就在現在這間會議所裏開會討論。最後的決議是，假如那位姑娘不想嫁給艾特，就不需要勉強自己。我認為這個決定是正確的。

「沒想到，艾特聽到了這個消息後怒不可遏。他憤恨地說完預言以後，便離開了村莊。他的預言是：

「『自明年起，你們這些村民應該再也吃不到椰桔麵包了。』

「村民們剎時陷入了恐慌。由於椰桔不耐曝曬，因此有的村民在聽到這個預言以後，甚至開始散播流言，斬釘截鐵地說，從明年以後，一定會發生嚴重的乾旱，使得椰桔苗種全都枯死。這麼一來，不只是那位不願嫁給艾特的姑娘，連村長也備受責難。

「就在人心惶惶之際，開始有人提議，既然今年是最後一次能吃到榔桔麵包，那明年也不須分配苗種了，希望索回共同貯存庫裏的種籽。他們認為，反正明年就算播種也種不活，不如現在就全部磨成粉用掉。

「起初只有一個人這樣想，接著又影響了第二個人，沒多久，所有的人都爭先恐後地搶著討回種籽了。連原先半信半疑的村民們，在目睹了其他村民爭相索回種籽的景象以後，也改變了想法，認為嚴重的乾旱必定降臨。他們甚至覺得，自己繳交的種籽將會被平白糟蹋，實在很不公平。

「魔法師卡茲在聽到了那個流言以後，立刻飛奔到村裏鄭重告誡村民：

「『明年不會發生大旱災，絕不能把所有的種籽都用光！』

「然而，沒有人把卡茲的話當真。因為即便他是魔法師，村民們卻不曾看過卡茲施展過像艾特那樣的神奇魔法。

「到最後，貯存庫被橫掃一空，所有的種籽全被磨成了粉，做成麵包，吞進村民的肚子裏了。

「到了翌年，天候和前一年相同，依然雨量豐沛。可是，該拿來播育新苗的種籽，已經連一粒也不剩了。

「結果正如艾特所預言的，這一年沒有任何村民能夠吃到榔桔麵包。預言果真應驗了。

「假如村民們都不相信艾特的話，預言就會成為謊言；就因為村民相信了它，預言竟然成真了。這就是預言者艾特和榔桔種籽的故事。」

說到這裏，莫頓先生拿起一旁的水杯，喝了一口。又繼續往下說道：

「然而到今天，我們很幸運地還能吃到榔桔麵包。那是為什麼呢？那是因為，就在沒有任何人吃得到榔桔麵包的隔一年初春，魔法師卡茲拿來了一袋榔桔種籽。這是卡茲為了村民而悄悄地保存下來的。儘管那袋種籽少得根本不夠一戶農家播種，村民們依然將它種下，細心地照顧幼苗，再將收成的新種籽，全部留存到隔年繼續播種。再隔一年，以及又一年，都像這樣育種。過了幾年以後，村民們終於得以再度烘焙並且吃到了榔桔麵包。康德先生說，魔法師卡茲是個吊兒郎當的人。的確，那位魔法師有時候確實有些隨性。不過，卡茲當時妥善機敏的處置，我們村民絕對不可以忘記。」

「原來，有時候相信一件事，反而會引發相反的情況。」

某個聲音這麼說。他似乎是一般的出席者。

「我是農夫艾司比[7]，每年都會栽種榔桔。如同各位知道的，榔桔很怕嚴重的日曬，所以我長久以來，每當豔陽高照的時候，就會向老天爺祈雨。可不管我怎麼央求，老天總是不肯下雨。我心想，會不會是老天爺不願意聆聽我的祈禱呢。於是，我打算求證一下。

「我把向老天爺祈雨的日子畫上記號，也將每天是否下雨記錄下來。等到記錄了好一段時間之後，再統計結果。得到的結果令我非常吃驚。每當我一祈雨，之後竟長達五十天沒有下過半滴雨；可是，當我沒有祈雨，之後的七天之內至少會下一場雨。

「這下子我總算恍然大悟了。只要我向老天爺祈雨，就不會下雨。所以老天爺根本不在意我的死活呢。」

從會議開始到現在，米娜連一次都還沒發言。因為她必須提出建設性的意見，這點讓她頗感壓力。

不僅如此，康德先生和莫頓先生之間的爭論，讓米娜實在難以發表意見。

米娜學習過關於日蝕的知識，曉得艾特的預言並不是什麼偉大的魔法，但那不是主要的議題，所以她忍住沒有發言。

可是，對於艾司比先生的誤解，她覺得應該幫助他澄清觀念比較妥當。

於是，她提起勇氣開口說道：

「不好意思……」

所有人一齊看向米娜。米娜有些緊張地往下講：

「我是為了取得通行許可證，今天特別參加會議的米娜。嗯，艾司比先生，我不認為老天爺不管您的死活，請別灰心。您是在出太陽的日子會祈求下雨，但在經常下雨的日子裏，就沒有祈雨了吧？」

「那還用說嗎！」艾司比先生旋即回答。

「這麼說來，那就變成您刻意選在很少降雨的時候才祈雨。我想，正因為如此，祈雨之後的隔天才都沒下雨。」

「哈哈哈，米娜小姐說得沒錯。艾司比先生，不是因為你祈雨，所以才沒下雨啦。你可錯怪了老天爺嘍。」康德先生笑著說。

「不不不，哪兒的話，我哪敢怪老天爺呢。我只是哀怨老天爺沒理睬我罷了。」

艾司比先生猛搔著頭，露出了誠惶誠恐卻又釋然的表情。他的回應和動作實在十分逗趣，

7 名字的由來是Selection Bias的簡稱SB，選擇性偏差。

惹得全場哄堂大笑。

「安靜！安靜！」

主席展現威嚴維持現場秩序。

米娜心想，自己總算提供了有用的建議，這下子應該能取得通行許可證了。沒想到主席卻催促著大家往下討論：

「現在似乎已經離題了。我們回到原本的議題上吧。」

很可惜地，米娜的期待落空了。

「那麼，就如主席所說的，回到主題討論吧。莫頓先生，您剛才說的艾特和榔桔種籽的故事，為什麼可以用來反駁我的意見呢？」康德先生提出了質疑，「我覺得，剛才莫頓先生那則故事的意思是，會發生大旱災的流言是假的，由於相信了這個謊言的人們採取了某些行動，才導致榔桔種籽全部用罄而陷入了沒有種籽可用的困境。也就是說，說謊或說錯話確實是壞事吧。」

「不對。」莫頓先生出聲駁斥，「我想說的是，只要相信，就會成真。縱然是謊言，只要我們相信會有好的結果，而不是壞的結果，最後就能一切順利。這樣不是很好嗎？我的想法是，結果才是重要的。讓我舉個具體的例子說明吧。」

莫頓先生接著往下說：

「比如，有位醫生正在治療病入膏肓的重症患者，若是醫生據實告知『你大概沒救了』，恐怕大部分的病人在聽到後，都會失去求生的意志。相反地，如果醫師告訴他『你一定會康復的』，病患多半會信心十足。只要滿懷希望，治癒的機率就會提高。當然，也有些人要在了解真相以後，才會出現良好的結果。不過，對那些覺得要充滿希望才會有好結果的病人來說，哪怕必須撒謊，也應該告訴他『你一定會康復的』，不是嗎？」

米娜想起了自己的醫師爸爸耶姆堤。他總是積極地鼓勵那些失去了存活意志的重病患者。米娜很能體會莫頓先生的這番話。

「莫頓先生，這可不對吧。」康德先生反駁說道，「所謂的結果，其實也得看運氣呢。就算告訴病人一定會康復，而他也相信了，可要是他最後發現還是無法得救，反倒會覺得自己受騙了，那種感覺更難受呀。假如全憑運氣，結果若是順利就是好的，不盡如意就是壞的，那就變成善惡都得靠運氣決定了。事物的善惡判斷，不應該以結果或是運氣來論定，而應當根據事物的本身來決定。唯有事實才是真理。說出真相永遠是正確的，而扯謊不論其結果如何，絕對是不好的。因此，我反對接納第六顆鈕釦是紅色的人成為我們的村民！」

米娜覺得康德先生的說法不盡合理。譬如卡伯先生雖會說假話，卻是個心地善良的人；相較之下，佩蒂和羅格斯儘管不會說謊，卻不太討人喜歡。

當米娜聽到了康德先生講到「說出真相永遠是正確的」這句話時，驀然想起了一件往事。那是發生在米娜還是小學生的時候。有個年紀比她大、常欺侮她的孩子又在譏笑她：

「六顆釦子的米娜！妳的第七顆釦子上哪兒去啦？」

這時，個頭矮小的彼特恰巧在米娜的身旁，他立刻對欺負米娜的大孩子反駁：

「不准那樣說！」

「我說的是實話，有啥不對！」出言諷刺的大孩子馬上回嘴。

彼特聽到了這句話之後，滿臉懊惱地一聲不吭。剎時，米娜心裏陡然升起一陣恐懼。後來，米娜才明白了自己當時為何會害怕。她畏懼的不是大孩子譏諷的言語，而是刻意出言傷人者認為既是事實所以「說實話有何不對」的冷酷心腸。

康德先生的想法，勾起了米娜錐心難忘的回憶。

所以，米娜實在無法認同這種自以為是的做法：哪怕講述的是事實，卻傷害對方的心靈。

或許因為康德先生是個誠實的人，所以不曾想過有人會故意出言傷害對方。

米娜察覺了康德先生的盲點，便再次鼓起勇氣開了口：

「不好意思……，我覺得，也許說話者的真正用意，才是關鍵所在。一切端看他是否基於為對方著想所說的，比如善意溫暖的話語，或者是刻薄無情的言詞。假如是出於關懷，即使事後被發現是謊話，聽者也絕不會認為自己是受騙的；反過來說，若沒有為對方著想，縱然說出來的是事實，同樣會深深地傷害對方的心靈。」

康德先生聽完以後，他的反應卻與米娜的感受完全不同。

「咦，說的話必須出自於關懷？可是，該怎麼區別關懷和冷酷呢？啊，我明白了！妳的提議是，不該採用第六顆誠實的鈕釦，而要以第四顆情感的鈕釦做為移民的標準吧。」

「不，不是那樣的。我的意思不是以鈕釦做為判斷標準。何況釦子的顏色和形狀都可能會改變……」

（又或許，原本欠缺的鈕釦也可以補上新的。）

米娜心裏這樣想，但沒有把這句話說出口。忍耐多時的哀傷情緒，終究湧上了心頭。

「這麼一來，根本就不能拿來當作評斷的標準嘛！」康德先生不服氣地說道。

康德先生的這句話，讓米娜頓時明瞭了。這個會議所討論的移民標準，亦是評斷人們的標準。

「就因為鈕釦的不同而歧視別人，這樣太過分了！」她不假思索地說道。

「那麼，您認為應該以什麼東西做為標準呢？」主席問道。

「我不知道。但我認為重要的是，那個人目前在做什麼、或是往後想做什麼，而不是他穿在身上的衣服款式。比起那些擅於說謊和冷酷的人，我比較喜歡誠實與溫厚的人。總之，若僅以第六顆或第四顆釦子做為判斷的標準，這種做法未免太武斷了。」

聽完了米娜的發言，主席的回應是：

「這種模糊不清的意見可派不上用場呀。妳的發言完全沒有建設性！」

（唉，果然不行。）

米娜非常失望。她絞盡腦汁所想出來的意見，竟被認為沒有建設性。

就在這個剎那，一陣天搖地動。

「地震啦！」

米娜彷彿聽到有人大喊一聲，但她只覺天旋地轉，還有天花板好像塌下來似的，接著就失去意識了。

當米娜醒轉過來，才發現整個會議所已經崩塌成瓦礫堆了。所幸米娜只受了輕微的擦傷，傷勢並不嚴重。

她環視四周，忽然聽見身旁的瓦礫堆下傳來了康德先生的呼救聲：

「誰來幫我把頭上的門板搬開呀？」

倒下來的門板宛如屋簷般，不偏不倚地壓在康德先生的頭頂上。米娜使出渾身氣力把門板搬開來。她的手臂雖然纖瘦，但為了成為航海員曾經特別鍛鍊過，在這緊急時刻恰巧可以發揮作用。

康德先生總算得以從瓦礫堆下，甩著頭探了出來。他的頭部似乎受了傷，鮮血從他的頭上流下來。

米娜趕緊幫他察看了頭上的傷口，然後告訴他：

「沒事的，只是小傷，不必擔心。」

米娜才說完，康德先生便笑著問道：

「妳說的是真話？還是用來鼓勵我的謊言呢？」

這個時候，救難隊才終於趕到了現場。她心想，應該是毫髮無傷的莫頓先生請他們來援助的。

康德先生告訴救難隊員，主席還被埋在瓦礫堆下，恐怕傷勢嚴重，請快些救他出來。接著，他轉身對米娜說：

「妳剛才提到必須關懷對方的感受，這觀點很有意思。事情的結果本來就像碰上地震來襲，得各憑運氣，實在沒法拿來當作評斷正確與否的標準。做任何事情的動機的確是很重要的，不能只依話語的或真或假，還得觀察對方是基於何種動機而說的。換句話說，我們必須學會分辨說話者其動機的好壞。看來，我們必須重新檢討移民的標準了。真實，不全然只呈現在表象，有時候它隱藏在內心裏。嗯，謝謝妳。妳今天的發言確實很有建設性，我會轉達給主席的。妳先讓醫生仔細檢查有沒有受傷，好好休息以後，請再繼續妳的旅程吧。我必須留在這裏協助救難隊員，善盡我的道德義務。」

「我也留下來一起幫忙！」米娜立即表明要提供協助。

結果，米娜原本打算只在哲學村裏「住一天」，結果又多待了一陣子。她和救難隊員們一同救助地震受災的村民們。

「謝謝妳呀，多保重喔！」

米娜在許多人的歡送下，帶著他們贈送的椰桔麵包繼續踏上旅程時，已經是好幾天後的早晨了。

孤獨之森

離開了村莊以後，小路往前延伸到兩座小山的山谷裏。走進了山谷以後，樹林變得更為茂密，小徑宛如隱沒在枝繁葉茂之中。眼前的風光和剛才嫣麗的楓林不同，而是濃綠廣披的針葉林。

現在，分明已經是早晨，陽光卻被蓊鬱的樹蔭阻隔在外。愈往前走，昏暗的光線猶如已近黃昏。僅能從葉縫間灑落的光線，分辨出樹林外的明亮。

就此看來，若再朝前走去，似乎又將沒入更深的幽暗了。在一處樹木較少微亮的地方，豎立著一塊醒目的告示牌。米娜趨前一看，上面寫著：

再往前去就是孤獨之森。對於「獨自旅行」的人，將會帶來無法承受的痛苦。務必立刻沿著原路回去。

米娜駐足半晌，覺得不大對勁。哲學村的村民告訴她，離開村子以後，僅需沿著由村民開闢出來的林道往前走就行，不會迷路的；可沒有任何人提醒過她，森林的名稱叫作「孤獨之森」，並且會讓獨自旅行的人痛苦得無法忍受。

儘管哲學村的許多居民喜歡長篇大論，但是大家都很和善，實在無法想像他們明知道米娜單獨旅行，卻沒有事先提醒她。

這塊告示板還是簇新的。她又重讀了一次，注意到「獨自旅行」的部分加上了引號。

米娜想了起來，早前也曾看過另一塊相似的告示板。就是立在第二關大門前的那塊牌子。

那塊告示板上寫的是「有一條路能夠通往宮殿，另外兩座門則通往『死亡』之地」，也同樣在「死亡」的詞語上加了引號。

（不曉得那個引號代表什麼意涵呢？）

那時候，曾有守門人跑了過來，把魔法師的留言告訴了米娜。

（難道這塊新設立的告示板，也是魔法師卡茲給我的留言嗎？）

米娜想了想，如果這島上的告示板沒有作假，那麼特別把「獨自旅行」這幾個字加了引號，或許真的另有含義吧。

米娜思忖了片刻。她猜想，獨自旅行的人無法順利走過孤獨之森，很可能是被魔法或其他神祕的力量所牽引，如果是這樣的話，她認為自己應該承受得住。

米娜從小就希望獨處，因為她討厭被人惡言挖苦，總是避開他人的目光，加上父母對她格外地細心呵護，反倒成了她的負擔，這也是她想要獨自生活的緣故。

「我從以前就習慣獨處，就連隻身航海也不覺得害怕。所以，要通過這孤獨之森應該不成問題。」米娜喃喃自語道。

不過，米娜仍有些不安。儘管之前自認為已坦然面對自己，其實她心裏很明白，在內心深處還有一塊她親自封印起來的禁區。她也曉得，自己脆弱的心靈很容易受傷。

米娜心想，既然已經來到了這裏，再也不容回頭了。然後，她終於下定決心，舉步踏入了森林。

在她走進森林裏以後，樹木更是密密叢叢，幾乎沒有光線能夠穿透林間。原本應是四下寂靜無聲，不知為何，彷彿有股風聲掠過了耳際。

起初，只是咻、咻的聲音；沒多久，逐漸變成了人們的竊竊私語和哄鬧聲。

「媽媽，妳看那個女生，她只有六顆釦子耶！」

「不行，不可以用手指著她！這樣那個女孩會難過的……」

91　少了一顆鈕釦的米娜，與魔法師卡茲

「喂，六顆釦子的米娜，妳的第七顆釦子上哪兒去啦？」

「咦，那孩子竟然……，哎，真可憐呀！」

米娜不自覺地摀住了耳朵。這些全都是她想遺忘的話語。

可是，那聲音彷似在米娜的耳中迴盪著，摀住了耳朵依然音量不減，仍舊聽得很清楚。

自從進入了這座森林以後，各種往事不停地掠過米娜的腦海。

米娜一聽到那些話語，就想迅然地逃開，因為她害怕那樣的話語再次迎面劈來。

以往只要遇到這種情形，米娜就會思索自己為什麼想要逃走，試著保持自己的理智。

因此，她以前曾經思考過，為何每當聽到了這些話，不只是孩子們的嘲諷，還有大人們同情和可憐她的言詞，她就會想躲得遠遠的。

米娜當時找到的答案是，別人強加在她身上的可憐與同情的影像，等同於自己在別人眼中的形象，和米娜平時所意識到的內觀自我，這兩者是不同的。

米娜認為，「內觀的自我」關注的是，喜歡或討厭哪種書、哪些學習科目、哪些食物、哪些類型的人、自己的哪些性格，以及為什麼會這樣認為；也就是這種種面向所綜合起來的自己。這樣的自己雖然不足以自豪，但也無須感到自卑。

然而，她在「別人眼中的自己」，最明顯的標記是「少了一顆鈕釦的孩子」。當別人強迫賦予這個特徵，宣稱「這就是你」的時候，自己分明沒做任何壞事，卻因此認定自己果真做了壞事，很想逃離那種不愉快的情境。

米娜回想起在哲學村裏的會議討論。當康德先生說出「如此一來，根本就不能以此當作評斷的標準嘛」的時候，米娜當下覺得不能苟同，於是立刻予以反駁。

在米娜看來，哲學村裏竟然要以對方的第六顆鈕釦是藍或紅的，做為符合移民的判斷基準；這種做法跟對方沒有完整的七顆鈕釦就不完美的思維沒什麼兩樣。

此刻的米娜，愈來愈清楚知道為什麼聽到那些同情的話語時，會想迅速逃開的原因了。因為她覺得，許多投注而來的眼神中，除了關懷之外，更多的是對於「社會邊緣人」的「憐憫」。在這樣的目光注視下，明知自己沒有做錯事情，卻總誤以為自己是個無用之人。而這正是她心靈受創的主因。

的確，米娜很久以來都無法擺脫悲傷的情緒，對父母親很不諒解，甚至為此而討厭自己。正因為如此，她才一路努力到現在，希望獲得那顆朝氣的鈕釦。

米娜非常了解自身的內在缺陷。

但她現在開始覺得，或許問題不止出在她身上而已。單憑第六顆鈕釦是紅色的、以及沒有完整的七顆鈕釦等片面理由，就把對方貶為無用之人，這樣的社會也應該負起相對的責任。

就在米娜如此反躬自省與考量他人的想法之際，原本在耳畔聒喧的雜聲，似乎逐漸平靜下來了。

但是，米娜的試煉還沒有結束。

正當米娜不再在意風中的嘈雜聲，稍微釋懷之際，前方的陰暗處，驟然出現了一座舞台。一幕情景霍地浮映了出來，猶如有一束強光射到舞台上。

她看到八歲左右的米娜出現在畫面中，正從學校教室裏眺望著窗外。那時候，可能剛好是下課時間，教室裏空無一人。

此時的米娜知道，年幼的米娜之所以望著窗外，是正羨慕地看著校園裏玩耍的同學們。不過，此時的米娜並沒看見正在玩耍的同學們，只看見米娜孤單的身影。

突然間，又換了一幕畫面。這次出現的是，大約十二歲左右的米娜正在學校的自助餐廳裏吃午飯。

她獨自坐在角落的座位上。其他同學們全坐在一起，邊吃飯邊開心地聊著天。此時的米娜沒聽到那些談笑聲，而同學們只顧著聊天，根本沒留意到孤伶伶的米娜。

米娜應該是自己想坐到那兒的。但一個人坐在遠處的米娜，不時抬眼窺視著高興談笑的同學們。不多久，她別開視線，望向了餐桌旁的窗外。此時的米娜還記得，那裏的窗戶鑲嵌的是霧玻璃，根本看不見外面的景象。

緊接著，畫面又變換了。這次是十六歲的米娜，正在學校的圖書館裏讀書。圖書館裏還有其他的學生，米娜卻完全無視他們，只全神專注在書本上。

忽然，米娜聽到班上同學的媽媽的聲音：

「那女孩總是孤伶伶的呢。她不覺得寂寞嗎？」

「孤伶伶的有什麼錯呢？我根本沒錯呀！」

米娜不禁想開口辯駁，但就是說不出話來。

事實上，米娜對大人們那種自以為是的想法，非常不能苟同。

可是，米娜又感到莫名的不安，那是在她踏進孤獨之森時即已潛藏著的。

就在這個瞬間！

一個比方才更清晰的畫面映現在她眼前。

每當她想起這幕光景，那股悲傷就像小炸彈般要將胸口炸裂，深深地埋在心底。

艾姆愛姆放聲痛哭，將幼小的米娜緊緊地摟在懷裏。艾姆愛姆和耶姆堤正在為各自的過錯互相道歉。

之前，每當米娜想起這幕情景時，總覺得艾姆愛姆很可憐。但現在她不僅感到悲傷，更想狠狠地責怪她。

（妳為什麼做出讓自己懊悔的事情來呢？）

（妳怎麼可以忘記縫上那麼重要的釦子呢？）

（為什麼？為什麼只有我是這樣子呢？）

這時候，米娜的眼前又跳出了另一個畫面，那是她埋在心底的痛苦往事。

「你只全心忙著工作，扔下我孤單一人。我實在太寂寞了，才喝下了有解憂功效的藥水。也正因為喝下這種藥水，影響到我腹中的米娜的心理。你看，我連第七顆鈕釦都忘了縫上！我真的不曉得、不曉得事情居然會變成這麼嚴重！」

那是艾姆愛姆的聲音。

此刻，艾姆愛姆也同樣是哭著對耶姆堤說話。就如同許多年前，艾姆愛姆緊緊地摟著稚幼的米娜傷心哭泣的那一天。

耶姆提也和當年那樣，安慰著艾姆愛姆並責怪自己的過錯。而已經長成少女的米娜，很偶然地在房門外聽到了父母這段交談。

（就因為媽媽覺得孤單，就因為媽媽非常寂寞，才忘了幫我縫上鈕釦的嗎？就為了這小小

的原因！）

米娜實在是恨極了。畢竟這是米娜心頭上最難以承受的重擔，也難怪她會這麼想。

「可是仔細想來，我跟媽媽沒有兩樣呀，總是在逃避現實。」

這時候，在耳邊突然響起的竟然是米娜自己的聲音。之前有人常說，她長得很像媽媽。

「嘿，愛哭鬼，六顆釦子的米娜，妳又要逃跑啦？」一個壞心眼的孩童這樣嘲笑道。

「我才不是要逃跑呢！我只是想一個人靜一靜！」

米娜不由自主地吶喊著。

話沒說完，耳畔再度傳來了米娜自己的聲音，那低語聲不停地在風中迴盪著：

「你們都弄錯了。其實我根本不喜歡獨處。可我總是孤伶落單……沒人理睬……孤單一個！而我只是想逃避現實……不要面對……只想躲得愈遠愈好！因為我害怕心靈受到創傷，我沒法承受得住……！我就跟艾姆愛姆一樣……一樣的孤單無助呀！」

「我就是我，別拿我跟其他人相比！」米娜激動地吶喊道。

可是，米娜自己的低語聲，旋即被眾多襲來的哄鬧聲所淹沒。

「我再也不要什麼朝氣的鈕釦！魔法師卡茲有什麼了不起！我現在就要回家，不想再看到這些鬼東西！」

不過，那些充滿惡意的哄鬧聲，依然糾纏著米娜不放。

縱使米娜知道抗拒也是徒勞，還是把耳朵摀得緊緊的。

米娜再也無法忍受那洶湧而來的哄鬧聲，拚命沿著來時路狂奔而去。

然而路面昏暗，她突然被什麼東西絆住，而狠狠地摔了一大跤。

米娜掙扎著要從地上爬起來，忽然看見眼前的黑暗之中，隱隱地泛著白色的光團，還映出了黃色的星狀光芒。

原來那是哲學村送給米娜的椰桔麵包，以及她幫卡伯先生切的乳酪。當她跌到地上時，揣在懷裏的籃子甩了出去，把麵包和乳酪灑了一地。

誘人的香味陣陣飄來。

米娜撿起麵包和乳酪，從地上爬了起來。她下意識地咬了一口宛若閃耀的六角形星星般的乳酪碎塊，濃郁的乳香頓時在嘴裏融化開來。

「怎麼可能，才不是只有我一個人呢。有許多喜愛吃我的乳酪的人們，都和我在一起工作呀！」

米娜彷彿聽到了卡伯先生的聲音。

卡伯先生當時滿臉自豪的模樣，也同時浮現在米娜的眼前。不曉得為什麼，米娜覺得在那一刻，向來只說假話的卡伯先生那番話卻是實在的。

緊接著，又有一幕情景掠過她的腦海。那是當她向艾姆愛姆和耶姆堤報告已經取得航海員的資格時，他們充滿欣慰與自豪的神情。

米娜又回想起來，在孩提時期，每當她學會了一樣新東西時，父母親總是欣喜不已。可惜長久以來，她已遺忘這些情景了。

（是呀，我絕不是孤伶伶的。從小到大，父母親始終給我滿滿的關愛。）

米娜忽然想到了佩蒂和羅格斯。他們儘管住在一起，可兩人滿腦子想的都是不願吃虧、想占對方的便宜，反而比一個人的米娜還要孤單。

驀然間，耶姆堤體貼而溫柔的聲音，宛如射進這片昏暗森林裏的一道光芒般，從空中傳了過來：

「我覺得全家人在這裏可以過著更悠閒的生活呀。」

（對呀，父母親對我多麼關懷備至啊！）

米娜的悲傷漸漸散去，比方才平靜了許多。她拿起椰桔麵包咬了一口。

它那清新的味道，宛如日出大地時的景色。

這時，米娜又回想起村民們由魔法師卡茲保存下來的一小撮種籽，花費多年工夫和辛苦的付出，終於得以再次吃到椰桔麵包的故事。

在她看來，這塊麵包裏充滿著村民們呵護椰桔的生命力。

與此同時，米娜彷彿又看到在她幫助地震災民時，村民們由衷露出的喜悅表情。

還有，莫頓先生說的關於艾特的預言故事；也就是只要信其所有，就會實現的那個故事。

米娜頓時想通了。

她不再害怕了。她轉過身來，朝魔法師卡茲的宮殿走去。

這時，耳邊的吵雜聲還未離去，只見米娜意志堅定地對那些聲音說：

「我並不孤獨。人們之所以害怕孤獨，是因為滿腦子只為自己著想，反而落得孤伶伶的下場。我不認為自己是孤單的。我既不害怕孤寂，也不是獨善其身的人，所以我絕不會變成孤獨無依的人！」

語聲未落，哄鬧聲已遠去。米娜的心緒隨著平靜了下來。

她抬頭往前望去，映入眼簾的是無數道金光射進了蓊鬱的森林裏。

米娜深深地吸了口氣，調整呼吸以後，以踏實的腳步向前邁去。

最後一關

米娜往前走了片刻，林木逐漸稀疏，道路又綿延著通向了楓樹林。

一穿過樹林，眼前豁然開朗，遠方有金黃色的小山丘。一條坡度稍緩的小徑通向半山腰，在那半山處有座大門。看起來，那邊只有一座門，而門的後方似乎沒有路了。從這裏到大門的距離，看來不到一個小時便可以到達。

沒想到實際上，米娜花了更多時間才走到。

儘管山路平緩，畢竟是上坡路，讓米娜爬得筋疲力竭。

就在她兩條腿酸痛腫脹時，總算才爬到了門口。這時候，太陽已漸漸西斜了。

等米娜到達了門前，這才明白為什麼比早前估計的距離來得遠多了。因為這座門和前面幾座的樣式相近，但尺寸卻大了許多，而且山路的路幅也愈來愈寬。

從遠處眺望的時候，誤以為這座門的大小和之前的相同，而且路寬也是等距的，才會導致目測的嚴重落差。

「那位魔法師卡茲，很喜歡捉弄別人喔？」米娜忍不住犯了嘀咕。

這座門沒有守門人，門口也敞開著，只有一塊告示板立在門前。板子上寫著：

穿過大門以後，右邊的上坡路可通往宮殿，左邊的下坡路也可通往宮殿，請自由選擇，回頭亦可。

看完以後，米娜放心了。這次看起來沒有危險，也不困難的樣子。

「不過，這是為什麼呢？怎麼會往上爬和往下走，都能到達宮殿呢？」

穿過大門以後，山路分成兩條。她站在視野良好的分岔路口往左右張望，的確，右邊的路朝右繞過山丘往上爬，左邊的路往左彎過山丘往下走。

既然兩條路都能抵達宮殿，可見宮殿必定位於山丘的背面。

考慮到雙腿的脹麻酸痛，以及往上的山路似乎很難爬，相較之下，往下走感覺輕鬆多了。

「不過，這兩條路都能通往宮殿，這是怎麼辦到的呢？是不是使了什麼魔法呢？又或者，這也是故意捉弄人的惡作劇呢？」

米娜在原地思考了一會兒，終於決定選擇右邊的山路。她抬起了沉重的腳步，朝著上坡的山路繼續前進。

她沿著彎曲的山路往上爬。就在那座最後的大門從視野裏消失以後不久，山丘背面的景色便出現在眼前了。

放眼望去，夕陽即將沉入那無邊無際、湛藍而靜謐的北方之海。

不多久，米娜抵達了山頂。這時候她才發現，大門那側的山丘，看似鋪滿小麥色草地的緩斜丘陵；然而山丘的背面，卻是聳立在大海之上的峻嶺絕壁，教人望之膽顫心驚。

山頂上有塊半圓形的平地，靠海的那側是像圓形直徑的直線岩岸。平地的中間有一棟裝飾精巧的建築。不過，要稱它為宮殿，又未免太小了些。

米娜走向建築物的門前定睛細看，那確實是魔法師卡茲的宮殿。就在她站到門口的那一刻，六角形的大門自動敞開，引著米娜來到了魔法師卡茲的辦公廳。這個辦公廳同樣是六角形的。

魔法師卡茲看似約莫六十歲的男士，身上披著一件乍看之下是深藍色的斗篷。仔細端詳他的斗篷，可以看見藍底上密布著數不清的細黑幾何圖案。斗篷上最大的特徵是，他那「創造與美感的鈕釦」是以鑽石製成的，閃耀著炫目的光芒。

米娜望向他衣服上的第六顆鈕釦。她很想知道，該不會魔法師卡茲有顆紅鈕釦吧。那是一顆馬賽克式樣的六角形鈕釦。看起來像是由各種顏色的小石子拼貼起來的。

魔法師看到米娜直盯著他的鈕釦瞧，對她解釋說：

「噢，妳在看第六顆鈕釦的顏色吧。我雖在這座島上工作，但一個人住在隔壁的小島上。對我來說，假如鈕釦的顏色是藍的或紅的，就不能自由發揮，實在很不方便呢。所以，我在告示板上寫著，這個島上的居民身上的第六顆鈕釦非藍即紅，這可不是謊話喔。」

（只有他不受約束，這可有點狡猾呢。）

米娜不禁在心裏想著。

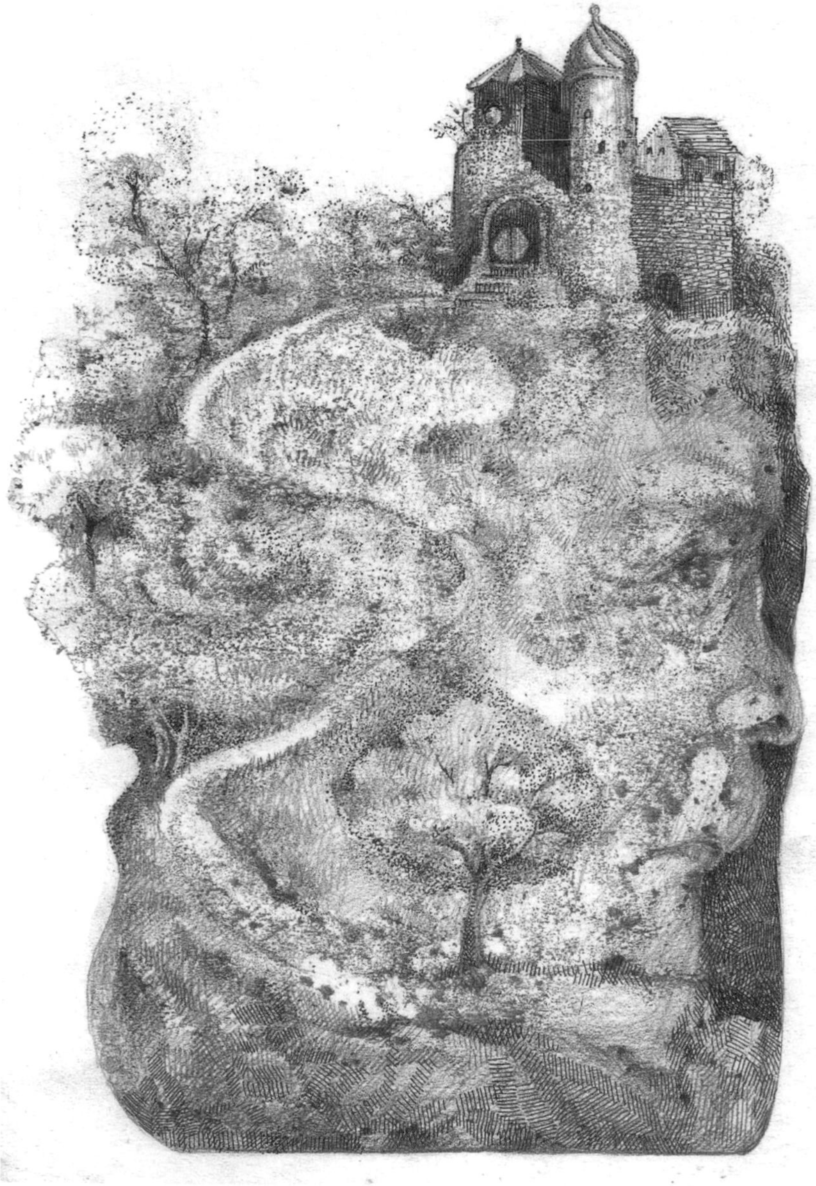

魔法師卡茲彷彿讀透米娜的心意，難為情地咳了一聲後，突然改變話題問道：

「妳是沿上坡路來的，還是從下坡路來的呢？」

「上坡路。」

「為什麼選那條呢？」

「我認為宮殿一定有兩個出入口。」

「真是個聰明的女孩！」魔法師卡茲以老邁的聲音稱讚道，「這座宮殿確實有兩處大門。一處是在妳來的山頂上，另一處位於循著下坡路抵達的岸邊。這座建築物雖說是宮殿，其實更像是一座沿著斷崖絕壁建起來的高塔。我的辦公廳設在靠近頂層的地方，如果從岸邊的大門進來的話，得爬上三千多階的螺旋梯才能到達。妳是事先猜到這種情況的嗎？」

「不是。但我心想，既然只能在一個地方見得到您，又必須耗費同樣的辛勞才能到達，不如挑那條路途艱辛的來得好。」

米娜得知不必拖著沉重的雙腿，爬上三千多個台階，如釋重負地回答道。

（卡茲果然喜歡捉弄人呀。）

「嗯，妳的想法很正確。那麼，妳不辭遠道而來，想要祈求什麼願望呢？」卡茲和顏悅色地問米娜。

「我想要朝氣的鈕釦。因為我的衣服上缺了那顆，請賜給我那顆鈕釦！」米娜毫不猶豫地說出自己的渴望。

卡茲側著頭尋思片刻，似乎不大懂米娜的意思。米娜有些擔心，連忙補充說明：

「就是第七顆鈕釦呀！我想，您絕對可以賜給我那顆鈕釦，所以我才長途跋涉來到這裏。」

直到這時，卡茲才宛如聽到趣事似的，臉上先是浮現一抹笑意，最後終於忍不住哈哈大笑起來。

米娜看到卡茲如此反應，起先有點吃驚，後來轉為憤怒與羞辱，整張臉脹得通紅。

（就算是偉大的魔法師，都不該嘲笑人家的誠心與願望，未免太沒禮貌了！）

笑個不停的魔法師卡茲，好半晌才察覺到米娜憤怒的表情。

「哎呀，對不起。因為妳說的是『朝氣的鈕釦』，所以我一開始根本聽不懂妳的意思。你們是這樣說第七顆鈕釦的嗎？不過，那顆鈕釦的正確名稱，不是『朝氣的鈕釦』，而是『勇氣的鈕釦』呢。

「不曉得你們是從什麼時候開始弄錯的呢？但是，這個勇氣，指的不是和敵人奮戰的勇氣，而是積極進取活下去的勇氣。只要人活在這個世上，難免會遇到挫折而感到痛苦。在那樣的時刻，必須積極樂觀地支撐忍耐。有些時候，明知道前方有險境，也要鼓起勇氣向前邁進。

第七顆鈕釦所代表的勇氣，就是指那樣的力量。簡單地說，『朝氣』根本算不上是重要的特質，真正重要的是，活下去的勇氣。

「妳剛才說自己缺了那顆『勇氣』的鈕釦，可是妳不僅有勇氣，更有積極活下去的力量。現在，妳身上不就有顆光彩奪目的鈕釦嗎？妳隻身來到這裏，就是最佳的證明。喏，仔細瞧瞧妳自己的衣服。」

米娜聽了以後，又端詳了自己的衣服。

沒想到，她竟然看到原本空著的第七顆鈕釦的位置上，有一顆泛著透明光彩的鈕釦。

而且，這顆鈕釦和魔法師卡茲身上的第一顆釦子相同，也是由鑽石製成的。儘管十分小巧，卻是一顆散發出美麗光芒的璀璨寶石。

自從米娜懂事以來，長久壓在她心頭上的負荷倏然消失了。

「可是，為什麼之前都看不見呢？」米娜咕噥著。

「那是因為妳一直把它想成是『朝氣的鈕釦』。那些把第七顆鈕釦誤認為是朝氣的鈕釦的人，說不定也看不到妳那美麗的鈕釦。」

「這麼說，鈕釦能不能被看到，完全出於觀看者的心態嗎？」

「這倒不盡然。鈕釦的存在與否有客觀的事實。可是，每個人的衣服和鈕釦以及其他特質，在旁觀者看來，都是不同的樣式。況且，每個人的『衣服』樣式，原本就不同；所以不管鈕釦的數目、形狀和顏色，以及其他特點都可以各有所好。話說回來，我小時候也和妳一樣，經常因為自己與眾不同而感到苦惱呢。妳看看這裏。」

卡茲說著，翻開了他斗篷的領子，上面只簡單地織著母親和孩子的名字：

「瑪姬之子，卡茲」

米娜不大明白衣領上沒有父親的名字，代表著什麼意義。不過，一般人應該都有的東西，而自己卻沒有的那種苦惱，米娜比誰都更有切身的體認。

而且，沒有織上職業名稱，通常表示那人只是做些雜活兒，或是因為長期臥病沒有工作。

卡茲朝米娜眨了眨眼睛，彷彿問她「明白了嗎？」，米娜點了頭。

「正因為這個星球的人們，每個人都各不相同，這樣才好。哪怕妳真的沒有第七顆鈕釦，妳的衣服照樣可以呈現出個人特色，妳能讓美麗事物變得更加美麗，而欠缺的部分就以其他的長處替代補足。比方說，儘管我沒有『朝氣的鈕釦』，可是我有很棒的『勇氣的鈕釦』呀。

「不僅如此，就是因為人人不同，因此當這些人集合力量時，就可達成意想不到的成就來呢。現在，妳應該相信那些因差異顯現的優點了吧。不過光是這樣還不行，往後妳還要把如何活下去的勇氣與別人分享。」

之前，每當米娜聽到別人對她「打氣」的時候，總覺得非常難受，尤其在心情低落之際，更是如此。但卡茲的這番話，反倒給了她不少鼓勵。

米娜覺得，剛才卡茲的講法與自己的觀點不謀而合：這不僅是自己的心病，也是整個社會的問題。

米娜愈來愈喜歡卡茲這位老者了。可是這麼一來，又勾起了她心中的疑惑，決定直接請教卡茲：

「請問，在第一關的告示板上寫著，如果選錯的話，將會通往有毒蛇和毒蠍的沙漠；在第二關的告示板上寫著，假如選錯的話，將會通往『死亡』之地。您真的會讓想來見您的人，遭到如此悲慘的命運嗎？雖然告示板上寫的不會有假，但我不覺得您是個狠心的魔法師。」

卡茲猶疑了一會兒，接著又咳了一聲才說：

「告示板上寫的都是真的。這島嶼的東邊是沙漠，的確有毒蛇和毒蠍出沒。通過第一關而選擇右邊的門以後，自然就會走到那裏。只是那個沙漠並不大，牠們也不會主動攻擊人類，若

能稍加留意不會有危險的。而且只要花上幾分鐘，就可以走出沙漠，來到東邊的海岸，再從那裏沿著海岸走，輕易地就能找到這島的上岸處。萬一有不小心的冒失鬼被毒蛇或毒蠍給咬了，在沙漠的東岸有個漁村，那裏有間掛著『專解蛇蠍之毒』大招牌的藥鋪。至於第二關……，妳能夠守住祕密嗎？」

「如果有必要的話，我會的。」

「好吧，這樣就行了。妳真的看懂了那面告示板嗎？」

「咦？」

「兩座門將會通往『死亡』之地。在死亡這兩個字上頭，不是加了引號嗎？」

「我發現了，也覺得有些蹊蹺，可是規定不准請教守門人，只好擱在心裏。」

「事實上，如果選錯了門，在穿出森林以後，可以找到別的路回到南岸。如果走進通往『死亡』的兩座門，將會迎面看到路上擺著一座大屏風，上面寫了『死亡』兩個字。這就是通往『死亡』的意思哩。走進這兩座門的人，當然首先會感到錯愕，接著因即將面臨死亡而嚇得發抖。這時，就會出現另一名門衛。他會遮掩住身上的第六顆紅鈕釦，大喝一聲：『這次魔法師卡茲大人特別免你一死！可是你必須盡快沿著這條路，回到南灣的上岸處，否則，可真的要送你上西天啦！』這位守門人其實是個膽小鬼，長相卻非常兇惡，又很會說謊。每一個走錯門的人，無不飛也似地拔腿逃回南灣。」

「太過分了！我在通過那座門的時候，已經抱定了赴死的決心呢。而且，那屏風上竟然寫著『死亡』兩個字嚇唬人，一點都不好笑！」

米娜忽然想到，如果康德先生在這裏，不曉得他會認為這是善意的謊言，還是惡意的謊言呢？

「哎呀，不好意思嘛。我實在分身乏術，時間非常寶貴，根本不想和那些隨隨便便的傢伙們見面呀。」

「我可以了解您的苦衷。只是，這樣的捉弄未免有些過火了。不過，知道不會有人因此喪命，我終於可以放心了。」

「我有我的做法，妳有妳的方式。只要不至於泯滅人性，應該沒關係吧？」魔法師卡茲說完，臉上堆滿笑意。

看到卡茲露出微笑，米娜決定再問一個問題：

「請問，為什麼這島上的居民，衣服上的第六顆鈕釦只有藍色和紅色兩種呢？我總覺得有些奇怪。」

卡茲立刻收起了笑容，面色嚴肅地說：

「那是因為他們還沒有得到真正意義上的自由。誠實的確是好事，可妳看看佩蒂和羅格斯的例子吧。他們都是誠實的人，又都認為自己是基於理性在行動的。可是結果呢，兩個人在現實的生活中，卻得忍受彼此的侷限與拘束，這根本不是理性行為。」

「那第六顆釦子是紅色的人們又如何呢？他們是因為沒有真正的自由意志，所以才要說謊嗎？」

「這種情況有點不同。妳想想看，這島上第六顆鈕釦是紅色的人們，他們又都承認自己第六顆鈕釦是紅的，這不是很奇怪嗎？」

「咦？」

「假如妳問一個說謊者：『你的第六顆鈕釦是紅色的嗎？』他會怎麼回答呢？他應該會回答『不是』吧。可是，這島上的第六顆鈕釦是紅色的人，大家都認定自己的第六顆鈕釦是紅色的，也認為自己是個總是說假話的人。就這件事而言，他們並沒有對自己說謊。這麼一來，不就出現了邏輯矛盾（contradiction）嗎？」

米娜想起了卡伯先生一面指著錯誤的黃綠色小路，一面提醒她注意自己身上第六顆鈕釦的顏色。

「妳學過邏輯學嗎？」卡茲突然問米娜。

「嗯，學過一點點。」

「那麼，如果將邏輯矛盾的事情假設為真（true），結果會怎麼樣呢？」

「對於其他所有事情，不論其結論是『真』或『假』，我們無法判定何者是錯的。」

「是的，正是如此。假如換成是康德先生，想必會認為這是最糟糕的情況吧。因為對於所有的事物，不管最後做出的結論是『真』或『假』，都是有可能的。這確實不能稱為最完美的狀態，但這樣才有真正的自由意志可言。從這個角度來說，具有自己的判斷和選擇是非常重要的。例如紅鈕釦的人們，他們由於自我矛盾，表面上擁有自由，卻不懂得自由的本質，是一群缺乏自信的人。相反地，藍鈕釦的人們由於已經知道什麼是正確的，並對這個事實深信不疑，所以沒有更多通融判斷與選擇，於是變得固執，就像康德先生那樣。」

「可是，我覺得康德先生沒那麼固執己見呢。」

「哦，是嗎？」卡茲頗覺有趣地說道。

米娜忽然想到，康德先生曾經說過「魔法師卡茲是個吊兒郎當的人」，忍不住地笑了出來。卡茲雖然不曉得米娜為何而笑，依然在一旁慈祥地看著她。

接下來的故事，已經和正題無關了。

在謎島上的種種體驗，使得米娜對於賜給自己這件珍貴衣服的艾姆愛姆和耶姆堤，再一次體認到他們的恩惠，並且由衷地感謝。

話說從謎島（卡茲告訴她，原本應該稱為「謎謎島」，後來大家少說了一個字）重返故鄉港邊小鎮的米娜，不管是現在或以後，未必就變得活潑起來，但她遇到任何事情，都學會自己思考判斷，勇敢地活下去。

米娜回到港邊小鎮以後，便到大城鎮學習了生物學和農業學，更透過研究工作協助農民們的作物能收成得更好。

這個星球的人們時常會休長假。米娜開始工作以後，偶爾也會休個長假，一個人駕著帆船到遠方的小島遊歷。

她還會告訴身旁的人們，每個人都有自己的優點，為求真正了解各有所長的好處，彼此認同與相互合作是很重要的。

她現在已經成為一個傑出的女性，廣受所有人的信賴與仰慕。

什麼？你想知道佩蒂和羅格斯的後續情況？聽說，他們到現在還互不服輸似的對立著呢。真是一對奇怪的夫婦。

整個宇宙浩瀚無垠，他們兩人的世界卻是如此狹隘呀。

這個故事中隱含的社會科學觀念

筆者寫下這個故事，其實有兩層用意。

第一層用意是，透過描述某個年輕女孩由於自身「與眾不同」，以致於經常受到歧視而抑鬱寡歡，最後終於克服了心理障礙的奇幻故事，藉此提供給一般讀者賞讀。

若從文學角度來讀這個故事時，可以把出現在故事裏的謎題與命題，當成用來豐富情節的技巧，而無須在意其背後的社會科學意義。筆者非常歡迎大家以輕鬆的心情來閱讀。為了能讓本書成為大眾讀物，筆者刻意採用平易近人的敘述，方便高中生以上的讀者閱讀。

第二層用意是，藉由隱藏在故事裏的「活用實例」，邀請讀者思考各種社會科學的問題。這是特別為了對社會科學（尤其是社會學與經濟學）有興趣的讀者所撰寫的。

就學術上來說，這個故事裏蘊含了以下幾個主題：「囚犯的困境」、「共有地的悲劇」、「自我實現的預言」、「自我認同」、「多樣性」、「康德的道德哲學」、「規範與自由」、「統計的選擇性偏差」、「事後機率」。

對社會科學有興趣的讀者，希望您在閱讀這個故事時，對於出現在情節中的謎題和命題，都能逐一經過思考以後，再繼續往下讀。

剛才特別強調了，使用在故事裏的不只是一般的素材，而是「活用實例」，這是有原因的。筆者竭盡心力，把抽象的概念融入具體的情節之中。當然，這是一個虛構的故事。筆者希望呈現的是，只要運用想像力，即使是抽象的概念，也能夠轉化為「切身的問題」。

凡是概念性的說明，通常會讓人覺得枯燥乏味，經由那樣的方式學習到的概念，不太容易應用在現實之中。其實，這些觀念是和現實生活及社會緊密相關的。倘若能讓各位讀者體認到這一點，筆者寫作這個故事就算成功了。

依照方才提到的第一層用意，對於將本書當作文學讀物的讀者來說，這些解說都是毫無用處的，無須多花腦筋思考，請儘管略過這個部分。

可是，在希望依循第二層用意加以精讀的讀者們看來，如果本書的寫法是「已經把材料都給你們囉，剩下的請自行思考」，這也未免太不周到了。如果這些讀者能夠了解出現在故事裏的抽象概念的背景，不僅具有很大的意義，還能從故事中得到更多樂趣。

因此，雖然這樣的章節極少出現在文學讀物之中，筆者還是希望能在此做些簡單的說明。

囚犯的困境（Prisoner's Dilemma）

故事裏的佩蒂和羅格斯所遇到的問題是囚犯的困境（ＰＤ是Prisoner's Dilemma的常用簡稱）。在經濟學中，囚犯困境是個人的「理性選擇」無法達成最佳社會性結果的常見典型例子。

囚犯的困境

佩蒂的選擇

羅格斯的選擇	工人	手槍
工人	② / ②	① / ④
手槍	④ / ①	③ / ③

偏好排序順位：①>②>③>④

這個理論被稱為「囚犯的困境」的原因，是出自於以下的情境。

假設，警方在沒有取得確鑿證據的情況下，對兩個共同犯案的嫌疑人予以個別訊問。日本警方雖不這樣做，但歐美的警方經常向嫌疑犯提議「如果你先主動坦承犯案，即可讓你獲判無罪」。在做這種司法上的交換條件時，就會發生像是囚犯困境的情況。

這時候，假定的前提是：只有己方單獨認罪時，自己得以免罪；如果兩人同時認罪，得到的刑罰將比兩人都保持緘默時還要重；但若對方認罪、己方緘默，自己會因為有罪而不認罪，而被處以最重的刑罰。

在這種狀況下，考慮其利弊得失，不論對方保持緘默或主動認罪，己方都應該主動認罪才是上策。但是，如果依照雙方策略的排列組合，可以發現兩人都保持緘默，遠比兩人都主動認罪來得有利。然而，由於每個人都各自選擇對自己較有利的方式，於是兩人都主動認罪，以致於變成對雙方來說，都不是最佳的結果。這就是囚犯困境的由來。

出現在故事裏的情況也和這個例子完全相同，請參考附表。表格內是各種選擇的組合，斜線左側是羅格斯的偏好排序順位，斜線右側是佩蒂的偏好排序順位。對兩個人來說，當對方選擇「工人」時，己方的選擇以①優於②；如果對方選擇「手槍」的話，己方應該選擇③優於④。結果，雙方都選擇了「手槍」。換言之，在這種狀況之下，兩人都只得到順位③的結果，比起雙方都選擇「工人」時得到的同為順位②的結果，顯然並非最佳的策略。

這種囚犯的困境，也常見於提供公共財（public goods）的時候，所產生的「搭便車」（free rider）問題。例如清潔的都市環境，就屬於公共財的一種。公共財的特性是，所有人都得以共享其好處，而且即便自己不負擔其維持成本，也無法置身於該項利益之外。由於有些人不願負擔維持公共財的費用與義務，只想享受它的好處，因而出現了所謂的「搭便車的人」。尤其是，如果大家都依賴別人支付，自己只想「搭便車」，就會衍生出種種社會問題，例如無法保持都市環境清潔等等。

順帶一提，米娜在故事裏說的「這是對彼此的信任」，也是囚犯困境的影響因子之一。若是雙方至少在一開始願意相信對方，兩人都選擇了「工人」，就不會落入這種困境了。那麼，如果遇到了不願採取那種選擇的對手，該怎麼辦呢？事實上，在重複操作有限次數的囚犯選擇組合的實驗中，目前還沒有找到能夠逃脫囚犯困境的對策。

故事中，米娜對羅格斯採用的策略，在理論上屬於特例。筆者曾在二〇〇六年於英文期刊《理性與社會》發表過一篇論文〈寬容的理性〉，文中即曾提到過這種策略：「透過多次原諒對方的背叛，使對方產生負疚感」（Kazuo Yamaguchi [2006] "Rationality of Tolerance: An Insight into the Parent-child Relationship," *Rationality and Society*, 18(3): 275-303）。

在那篇論文當中，筆者嘗試引用賽局理論的模型，以解釋社會學者所謂的社會化（socialization）面向。社會化是指人們學習到價值與規範的過程。米娜採用的「譴責對方的背叛，但是原諒他」的策略是否能夠真正奏效，能否將對方原先的不合作態度扭轉過來，必須在各種條件配合之下才能成立。尤其是，當對方（在這個故事中是羅格斯）完全沒有被誘發出「對不起，背叛了你的信任」的負疚感，那麼很遺憾地，這個策略就無法奏效。

共有地的悲劇（The Tragedy of the Commons）

這個觀念是來自於生物學家蓋瑞特・哈丁[8]於一九六八年在《科學》期刊發表的一篇標題為〈共有地的悲劇〉的論文（Garrett Hardin [1968] "The Tragedy of the Commons," *Science*, 162: 1243-1248）。囚犯的困境是適用於兩個人的理論，我們可以把這個共有地的悲劇視為囚犯困境的多人版本。

哈丁在這篇論文中，以牧草地做為例子。

> 牧牛人對於自家私有的牧草地格外珍惜，卻對共有的牧草地隨意濫用。他們認為，與其讓其他牧牛人家的牛群吃掉共有的牧草，不如讓自家的牛盡量多吃。共有的牧草地原本是大家共享的寶貴資源，卻因為大家的過度榨取，最後成了寸草不生的荒地。

本故事提到的「榔桔種籽的共同貯存庫」的傳說，便是依據共有地的悲劇的基本架構加以

---

8 Garrett Hardin，1915-2003，美國生態學家。

變化而成。在此詳細說明兩種變化模式。

第一種變化模式是，如果要繳納至共同貯存庫裏的種籽，是由農夫親自揀選的話，比較容易發生優質種籽自己賣掉、劣質種籽送去共同貯存庫的狀況，這是社會不樂見的結果。換言之，農夫在面對「到底要繳納優質種籽，還是劣質種籽」的抉擇時，會認為優質種籽由其他農夫繳納即可，自己應當「繳納劣質種籽」比較有利（傾向「搭便車」的心態），於是，送進共同貯存庫裏的全都是劣質的種籽，致使苗種的品質日趨低落。假如把這個狀況當成囚犯困境的多人版本，應當很容易了解。

諾貝爾經濟學獎得主喬治．阿克爾洛夫[9]曾提出「資訊不對稱」（asymmetry of information）的理論。故事中曾提示某項解決方案，也就是由共同貯存庫負責揀選種籽。事實上，這種方法並非無懈可擊的解決方案。在雙方掌握的資訊不對稱的情況下，這種策略就無法順利運作。不過，由於相關的條件敘述起來很複雜，因此在故事中略去不提。

附帶說明，此處所說的資訊不對稱，指的是對於種籽品質良莠的相關資訊，農夫和貯存庫人員所掌握的程度不同。如果貯存庫人員握有的資訊比農夫的少，除非有「誠實的農夫」願意幫忙，否則貯存庫人員將無法挑揀出品質最佳的種籽。

除此之外，也不能排除貯存庫人員接受賄賂，默許農夫繳納劣質種籽的可能性。康德先生強調的「誠實的重要性」，在各個層面都對優質公共資產的維持有所影響。

第二種變化模式，對這個概念做了更為動態的描述。亦即，假如共同貯存庫這個公共資產的價值降低，將使得維持該公共資產的誘因降低，最後導致公共資產無法供給大眾使用。

在故事之中，艾特的預言成為引爆點，使得農民發現維持共同貯存庫已經無利可圖了。與其追求未來的利益，不如確保目前的利益，因而誘發了農民以「眼前」私利優先的動機，導致共同貯存庫完全失去功能。

日本的國民年金制度，由於行政作業上的疏漏，使得國民之間瀰漫著一股「即便現在繳納，未來也無法向國家領到年金」的氛圍。不僅年金的未繳率恐將攀升，亦可能使得採行隨收隨付制（pay-as-you-go）的年金制度全盤瓦解。假如事態真的擴大至此，很遺憾地，這將成為大家親身體驗到的共有地的悲劇事例。

自我實現的預言（Self-fulfilling Prophecy）

自我實現的預言，是出現在哲學村會議中，莫頓先生所講述的〈艾特和椰桔種籽〉的故事

---

9 George Arthur Akerlof，1940-，美國經濟學家。

裏。也就是說，假設沒有某個預言，就不會發生某種情況；可是由於做出了這個預言，才導致其發展成為事實（「艾特和椰桔」連起來讀的發音近似etrange，即法文的「陌生人」，取其音以增加閱讀的趣味性）。

自我實現的預言這個概念，是由社會學家羅伯特．莫頓[10]所提出來的（*Social Theory and Social Structure*, Free Press, 1968）。莫頓書中所舉的實例是，某個關於銀行即將倒閉的毫無根據的謠言，促使相信謠言的存款戶爭相擠兌，這家銀行果真因此倒閉了。

日本也曾在第一次石油危機的一九七三年，出現過「衛生紙即將斷貨」的傳聞。這則流傳甚廣的謠言，引發了消費者大量囤積衛生紙的恐慌事件，導致真的有好一陣子在市面上都買不到衛生紙。

附帶說明，這裏所講的「預言」，也包括廣義的「預測」行為，也就是由於某項預測，會提高發生該結果的機率。在故事中，提到了有信心能夠康復的病人，其治癒率將會增加，這也是自我實現的預言的事例之一。

其實，這個理論不僅適用於病患身上，也同樣可應用在醫師的診治上。同時具有社會學家與醫師身分的尼可拉斯．克里斯塔基斯[11]曾在著作《死亡的預告：醫療照護之預測與癒後》（*Death Foretold: Prophecy and Prognosis in Medical Care*, University of Chicago Press, 2000）中闡述其研究結果：由於醫師對於自己認為有把握治癒的病患，會給予更多主動積極的治療，這便反映在癌症患者的癒後狀況上，對於治癒率有所影響。

此外，已有研究發現，倘若企業預測，女性員工會因為育兒而辭職以致離職率較高，為了降低該項離職成本，企業於是會對所有女性員工都施以歧視待遇。在女性員工看來，留下來繼續工作將損及自身利益，結果反而造成女性員工的離職率上升。這也是自我實現的預言的例子之一（詳細內容請參閱拙作〈邁向消除男女薪資差異之路——統計性歧視之非理性經濟的理論性與實證性研究〉《日本勞動研究雜誌》二〇〇八年五月號）。

除此之外，曾榮獲諾貝爾經濟學獎的蓋瑞・貝克[12]於《家庭論》（*A Treatise on the Family*, **Harvard University Press**, 1993，中譯本立緒文化出版）這本書中，亦曾以離婚做為討論範例。如果一對預想可能會離婚的夫妻，藉由不生小孩與各自持有個人資產的方式，希望減少離婚時所付出的成本，反而容易導致離婚而提高了離婚率。

---

10 Robert King Merton，1910-2003，美國社會學家。

11 Nicholas A. Christakis，1962-，希臘裔美國學者。

12 Gary Stanley Becker, 1930-，美國經濟學家。

一般說來，如果預測將會發生某件「不希望發生的事情」時，為了降低其發生時的支出成本，因而採取了預防行為，結果反而會促使那件事情的發生機率提高。這種矛盾，可說是自我實現的預言的典型模式之一。

另外，故事裏描述了米娜體認到，害怕孤獨反而落得孤獨的推論，這並沒有相關的理論，而是出自筆者的創作。

自我認同（Self-identity）

自我認同是指，對於「自己是什麼樣的人」這個問題，由自己去找到答案，並且其特徵是，透過在社會中與他者的交流而產生的自覺。自我認同是社會學的主要研究課題之一。

在故事裏，首先是以卡伯先生所說的「有許多喜愛吃我的乳酪的人們，都和我在一起工作呢！」這段話，來介紹他的自我認同。

岩井克人[13]曾在《公司今後將何去何從》（平凡社，二〇〇三年）這本書中，闡述關於公司所有權的思辨。岩井教授對於「公司是屬於誰的」的問題，針對「公司是屬於股東的」與「公司是屬於公司法人本身的」這兩種解釋的相關狀況，提出了深入的見解。

另一方面，為了釐清企業對其受益者的認知，當企業（製造業或服務業）被問到「是為誰而營運的」的時候，除了回答「為了股東」和「為了法人本身」以外，當然還出現了「為了消費者」的答案。

當企業訂定的目標是將優質的製品或周到的服務，以適切的價格提供給消費者，藉此獲得好評而提升獲利；此時對照另一家企業的目標是只要能夠獲利即可。這兩種不同的企業目標，將會帶來全然不同的經營結果。

繪製《櫻桃小丸子》的漫畫家櫻桃子[14]女士，從她的作品還在漫畫雜誌《RIBBON》連載的時期，便已認定應該有許多少女讀者都在期待自己的漫畫作品，「自己要是生病了，可就對不起大家了！」因而她在創作漫畫之際，也不忘保持健康。這段過程，她曾在短篇集《溫馨劇場2》（集英社，二〇〇四年）裏的〈夢的音色〉文章中描繪過。

這種積極的心態，不同於嚷著「顧客至上」且膜拜消費者的膚淺業者，而是體認到唯有博得消費者的讚許才能成就自己，所以自己和消費者是相輔相成的。這類生產者的自我認同和卡伯先生正是最佳的寫照。

---

13 1947-，日本經濟學家，代表作《貨幣論》。
14 本名為三浦美紀，1965-。

近來，「黑心商品」與商品標示不實的醜聞接連爆發，生產與經銷業者背叛消費者的行為引起各界的極大關注。我想，假如他們能夠具有像卡伯先生與櫻桃子女士那樣的自我認同，應該就不會做出這種事情了。

長久以來，自我認同都是屬於社會學的研究領域，但最近經濟學家喬治．阿克爾洛夫正致力於建立自我認同對個人選擇的影響的理論模式。

由於自我認同是透過與他者的交流而產生的自我認知，當個人與他者不愉快的關係導致自我否定，就會產生「負向認同」（negative identity）。這將造成心理的極大負擔。

故事裏少了一顆鈕釦的米娜，由於和其他孩子不同而受到了歧視，再加上和兄弟姊妹比較起來，覺得自己得到的父母關愛較少，於是產生了負向認同。從負向認同轉變為正向認同的過程，正是本故事的主題。

不僅如此，故事中還透過了孤獨之森，敘述他人片面強加於己的「別人眼中的自己」，與「內觀的自我」的顯著差異。這被稱為「認同衝突」（identity conflict）。

尤其，當他人僅憑「身障者」、「特定人種」、「女性」等外在樣貌，完全忽視受者的人格，便將自己的意志強加在對方身上，受者覺得這與既存的自我意識不相符時，就會產生認同衝突。

人們在被迫承受負面的認同衝突，並因習慣而接受了那樣的自我形象以後，就會變成負向認同。

根據近年實施的國際兒童比較調查結果（日本Benesse公司教育研究中心）發現，日本兒童比起其他國家兒童，明顯傾向於勾勒出負面的自畫像，他們覺得自己「不善解人意」、「不誠實」、「不勤勉」。生活在現今日本社會裏的兒童，出現了容易產生負向認同、不易養成正向認同的情形。

叱罵別人「囉唆！」或「噁心！」等等顯示說話者不悅的攻擊性歧視用語，已經在兒童的世界裏氾濫成災了。據說，若是糾正這些兒童不可做出歧視性的言行舉止，有不少兒童都會像故事裏所描述的那樣，惱羞成怒地回嘴：「我說實話不行嗎?!」（渡邊容子《孩子，別認輸！》徑書房，一九八九年）。

筆者認為，整個社會的當務之急是必須改善這種狀況，並為孩子們打造一個能培養出正向認同的社會環境。這與即將於下一段說明的多樣性不無相關。多樣性對於本故事主題之一的「超越負向認同的障礙」，也是重要的關鍵。

多樣性（Diversity）

缺少「朝氣的鈕釦」的米娜因被歧視而悶悶不樂。卡茲告訴她，「每個人都各不相同，這樣才好」。這段話表述的正是卡茲的多樣性理念，也呈現出本故事的中心思想。

事實上，許多人都是從「為了發展經濟而運用多樣化人才」的觀點，來肯定多樣化的重要性，並依此解釋多樣性的定義。可是，獲頒諾貝爾經濟學獎的阿馬蒂亞．沈恩[15]認為，為了啟發多樣化人才的潛能（capability），因此必須發展經濟，並非為了經濟發展而運用人才。筆者在提倡稍後所述的工作與生活平衡（work-life balance）觀念時所採取的立場，也與阿馬蒂亞．沈恩的想法相近。

筆者不僅提倡實現工作與生活平衡的社會（請參照《觀點論爭——日本的工作與生活平衡》〔山口一男、樋口美雄編，日本經濟新聞出版社，二〇〇八年〕的序文），也非常重視多樣性的推行。這裏所說的多樣性，指的是各式各樣的人在社會上都享有平等的機會，並應將社會制度設計成能讓更多人發揮自己的潛能。

多樣性的推行，不僅是社會制度的問題，亦是對於例如身心障礙者的各種人的多樣性，予以正面思考的基礎。

一般認為，多樣性是源自於美國的思想觀念，其實，日本明治時代有一位年僅二十六歲便離世的童謠詩人金子美鈴，其詩作〈我和小鳥和鈴鐺〉，已為這種思想下了最精闢的註腳。

即使我展開雙臂，
也沒法遨翔天際；
可是會飛的小鳥卻不像我，
能在地上快速奔跑。

即使我搖晃身體，
也發不出美妙的音色，
可是會響的鈴鐺卻不像我，
能夠歡唱許多歌謠。

鈴鐺、小鳥、還有我，
大家都不一樣，大家都一樣好。

（《金子美鈴全集》JULA出版局，一九八四年）

15 Amartya Sen，1933-，印度裔經濟學家。

康德的道德哲學（Kant's Moral Philosophy）

哲學村裏的康德先生述說的思考方法，是將十八世紀德國哲學家伊曼努爾・康德[16]的義務論的道德哲學，予以單純化後轉述出來的。

康德認為，行為的善惡是根據符合「意志的選擇」的道德法則，其行為本身的評價來決定的，而不是由行為的結果來決定的。與他持相反意見的，包括功利主義（utilitarianism）哲學先驅的傑瑞米・邊沁[17]與約翰・彌爾[18]等人秉持的「結果主義」（consequentialism）思維，認為行為的善惡是由行為的結果來決定的。

康德還指出，善惡的判斷標準，也與其行為本身的善惡，以及人們採取行動的動機有關。故事裏的米娜，已經指出動機的重要性了。

德國社會學家馬克斯・韋伯[19]承繼了康德學派的思維。他認為對於行為合理性的判斷標準，還分成了「目的合理性」，亦即行為本身的合理性；以及「價值合理性」，亦即動機的合理性。

所謂目的合理性（也被稱為「工具理性」），是指針對某種目的所採取的手段是否合理；而價值合理性，是指被選擇的行為，能否與個人的價值觀整合在一起。

新古典經濟學派是現代經濟學的主流，其理論基礎是效用極大化（utility maximization）。

這種思維，可以視為來自前述兩種合理性與功利主義的綜合思想。

換言之，行為人從結果所獲得的效用（滿足程度）愈大愈好，這個觀點沿襲自重視結果的功利主義哲學。於此同時，選擇何種效用的優先順序，也反映出個人的價值觀。此外，效用極大化所選擇的方法，亦符合目的合理性的標準。

另一方面，不靠行為本身的評價，而純粹就其結果來判斷合理性與否的結果主義思維，亦出現於近年來發展完備的進階賽局理論當中。賽局理論受到生物學的莫大影響，毫不考慮目的合理性與價值合理性，而是把為求提高生存機率（該理論將其解釋為行為的結果），而採取適應環境的行為，視為具有合理性。

此外，對於康德所重視的道德義務，亦可見於重視「道德規範內化」（關於應該做什麼，或不應該做什麼之價值觀的取得）的現代社會學理論當中。

---

16 Immanuel Kant，1724-1804，德國哲學家。

17 Jeremy Bentham，1748-1832，英國哲學家、經濟學家。

18 John Stuart Mill, 1806-1873，英國哲學家、經濟學家。

19 Max Weber，1864-1920，德國社會學家、政治經濟學家。

在前面「共有地的悲劇」章節中，曾經提到哲學村的康德先生強調的「誠實的重要性」。關於社會中必須有多數誠實者的理由，以進階賽局理論的觀點來看，「讓誠實者具有優勢的社會體系之存在與否，將決定社會中的誠實者能否成為多數」。相反地，有許多社會學者認為「家庭、教育、宗教、社區對於兒童的社會化影響，將決定社會上重視誠實者是否成為多數」。這兩種思考方式有很大的差異。

無論是判斷善惡的相關規範問題，或者是合理性的問題，康德的道德哲學所拋出的議題，仍是今日社會科學領域的討論主題。

規範與自由（Norms and Freedom）

在故事的尾聲，卡茲提到了邏輯學。一般將「若A為真，則B為真」的命題，與「若非B為真，則非A為真」的命題，叫作互為對偶命題（contraposition）。二者的關係是，若有一方是真的，另一方亦為真。

因此，如果「A」恆為假（always false），那麼「非A」便恆為真；因此，無論B的內容如何，對偶命題都將是真的。由此可得，假如「A」恆為假，不論B的內容為何，主命題（若A為真，則B為真）都能夠成立。

所謂的邏輯矛盾（contradiction），是指在邏輯上恆為假（always false logically）。例如，如果有人說「我永遠說謊」，由於這句話也應該是謊話，因此與所言產生邏輯矛盾。雖然並非所有「恆為假」的陳述都含有邏輯矛盾，但是含有邏輯矛盾的陳述恆為假。因此，如果我們假設A含有邏輯矛盾，則無論B的內容為何，比方說B包含了「某事為真」或「某事為假」的陳述，則主命題都能成立。[20]

20 作者注：這裡解釋如下。假設我們有以下兩個命題：

命題一：若A等於非A，則B為真。

命題二：若A等於非A，則B為假。

此時，命題一的對偶命題是：

若B為假，則A不等於非A。

命題二的對偶命題是：

若B為真，則A不等於非A。

由於「A不等於非A」恆為真，所以這兩個對偶命題恆為真。因此，原本的命題一和命題二恆為真。換句話說，如果我們假設一個邏輯矛盾的陳述（如A等於非A）為真，則我們無法說「B為真」或「B為假」哪一個是錯的。

故事裏的卡茲應用這個邏輯，將「第六顆鈕釦是藍色的人與紅色的人」的區分，賦予了特殊的意涵。其實在故事中，「誠實的人」和「會說謊的人」的區分，具有字面上與比喻性的雙重意義。

每當故事裏面臨要解開邏輯謎題的時刻，如同第一面告示板上定義的，其假設前提是百分之百誠實的人，和百分之百會說謊的人。可是，在哲學村的會議討論，以及卡茲解釋的時候，已經不再是字面上的意思了。

在卡茲的解釋中，其中一種人是共同依照完全相同的理性判斷與規範，並且依循這項標準來做選擇與行動，因此他們是無法自由選擇的人；而另一種人是，由於產生自我矛盾，即便擁有了選擇的自由，卻對於該如何選擇沒有自信。

許多人說，在我們生活的現代社會中，規範的約束力十分薄弱，連正確與否的標準，都位於模糊地帶。儘管這代表我們處在一個更為自由的社會中，但不僅有愈來愈多人對自己的行為準則缺乏信心，並且筆者認為，具有「完全相同的理性」而缺乏社會性、只追求私利的思維，已經取代了社會規範。

這種缺乏社會性的個人利益追求，不止出現在囚犯的困境之中，更在各種面向上，導致社會利益無法產生，而成為社會的龐大成本。尤其是在自由的現代社會中，並不否定每個人追求個別利益是其基本權利，在這樣的情況下，該如何建立彼此的信賴關係，成為尚待解決的重要課題。

統計的選擇性偏差（Selection Bias）

哲學村的艾司比先生（取自Selection Bias的簡稱ＳＢ）祈雨的相關敘述，是選擇性偏差的例子。

選擇性偏差會出現在，當希望透過統計分析來解析社會現象的因果關係時，解釋變數（explanatory variable，又稱為「自變數」）和影響結果的變數沒有被獨立（或隨機）選擇，導致了因果關係的推定謬誤。

故事中的解釋變數為「是否祈雨」，而結果為「翌日是否降雨」。由於艾司比先生（刻意）挑了似乎不會下雨的時候祈雨，很明顯地，他在選擇解釋變數時並不是隨機選擇，也就是沒有讓它獨立於影響結果的變數（可能會降雨的氣候狀態）。米娜指出了這一點，並且修正了艾司比先生的思考謬誤。

有一種統計方法是，使用持續追蹤研究對象的縱貫式調查（longitudinal survey）資料，以排除這種選擇性偏差，得到統計上的因果推論。使用統計方法分析社會的社會科學家們，目前正在藉由這些方法，以釐清事物的因果關係。

例如，慶應義塾大學的樋口美雄教授，在其著作《雇用與失業的經濟學》（日本經濟新聞社，二〇〇一年）中，曾經討論過「轉職成本」的問題。

樋口教授提到，平成四（一九九二）年的《勞動白皮書》中記載「若於四十歲前後轉業，將造成終生所得減少得最多，平均減少了二五〇〇萬圓左右」，並將之稱為轉職成本。樋口教授主張這根本不是實際的狀況。

實際上，收入較低者的轉職傾向較高。由於這項轉職經驗造成了選擇性偏差，使得轉職者們與未轉職者們相較之下，終生所得比較低，雖然在金額上有個別差異，但就轉職者本身而言，平均來說，轉職後比轉職前的終生所得都提高了。由此可證，多數的轉職是理性的行動。

事後機率（Posterior Probability）

米娜破解第二關的方法，運用了事後機率的計算。某個事件在加上了已發生事件的資訊後，其發生機率將會改變，這就是事後機率。這種理論是根據統計學家湯瑪斯．貝斯[21]的機率論所發展出來的。這種思考推論，與日後稱為「貝氏學派」的統計學重要學派之形成，有密切的相關性。

在故事中描述的情況是，一開始，三座門當中每一座是正確的門的機率，都是三分之一。在追加了新訊息「將米娜打算選擇的那座門以外的兩座門之中，通往死亡的那一座封起來」之後，右門是正確的門的機率，變成了三分之二。

這個邏輯已在故事裏敘述了，我們也可以運用「貝氏定理」的事後機率寫出詳細的計算過程。只要是具有高中程度機率觀念的人，應該很容易理解這項定理。這種方程式算是比較簡單的，近來在網路上也能查到解說，請各位試著應用看看。

只要應用貝氏定理，隨著新資訊的累積，就能夠降低最嚴重事件的發生機率，得以選擇出最佳方案。因此，在諸如風險管理等等，必須依照統計意義做出決策的現代社會議題上，這種方法已是不可或缺的了。

相關解說到此結束。由於本書採取易讀性優先於嚴謹性的寫作策略，建議想要深入探討的讀者，可以繼續研讀相關的文獻。

---

21 Thomas Bayes，1702-1761，英國學者。

獅子與老鼠

教育劇・日美社會規範比較論

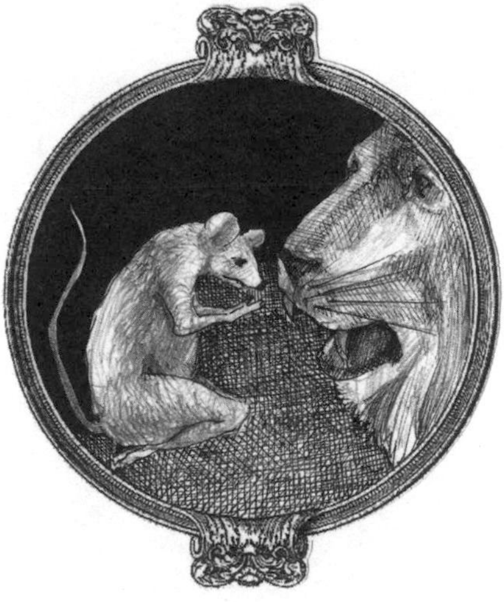

劇場主人的歡迎詞

歡迎各位觀眾今日蒞臨本劇院，由衷感謝大家的捧場。

本劇院這次表演的作品是，教育劇〈獅子與老鼠〉。

咦？您問什麼是教育劇？

我記得這是由德國的劇作家貝爾托．布萊希特[1]創作出來的戲劇形式，不過，這齣戲和他沒有關係。今天要演出的故事是，透過一位美國的大學教授和學生們在課堂上對話的形式，從外國的觀點來思考日本。

回想起來，以前在劇場裏演出的戲碼，都是採用對話的形式呢。

所謂的對話，可不是指演員們在舞台上的對話。

戲劇最早的原貌，並非只由演員表演而已，觀眾的喝采與噓聲也是戲劇的一部分，如此才

1 Bertolt Brecht，1898-1956。

能產生其公共性，成為大家共同擁有的產物。德國社會學家暨哲學家尤爾根・哈伯瑪斯[2]不也曾經這麼說過嗎？

教育也可以是一種戲劇。大抵來說，教師擔任的角色包括提供主題與素材的劇本家、兼任編排演出的戲劇指導，而舞台演員則由學生擔綱演出。

教育劇沒有導演，因此演員們必須各自揣摩自己的表演與台詞。聽起來似乎很不容易，但由於演出的角色正是自己，只要習慣了以後，其實並不困難。在演出時，包括教師和學生在內的全體人員，每一個人都是主角，也都是觀眾。

最重要的是，每一位出場人物都必須齊心合力，一起來完成這齣戲劇。大家不需要做些特別的舉動，但一定要真誠地傾聽別人的發言，並且參與討論。假如舞台演員根本不聽其他演員的口白，也不念出自己的台詞，那就無法完成這齣戲吧。

什麼？您說那樣做，稱得上是良好的教育方式嗎？

別急，請先瞧瞧正在本劇院上演的教育劇吧。

理解、表達、性格、聯想、批判性思考、發現問題，以及創造。這些屬於教育本質的概

2 Jürgen Habermas，1929-。

ライオンと鼠

念，透過戲劇的演出，不再僅僅是詞語的羅列，而能轉化為「生動的」呈現。況且，依據自由思考所產生出來的對話，也應該能夠傳達出教育的樂趣才對。

但是呢，哎，現在可全然不是這麼回事呀！日本目前的教育內容中，完全沒有納入任何戲劇的要素。

學問原本只是供作思考的材料，現在反倒成為主角，連教師也淪為提詞人，學生更成了悶不吭聲的觀眾。

這麼一來，不論是教學的人，或是學習的人，都不可能從中得到樂趣。

請各位看一看，事實上，現在教育學生的方式，不就是拚命往腦袋裏灌輸知識，無須深入思考，只管學習如何回答那些有正確解答的題目嗎？可真正要緊的，其實是發現問題的能力，以及對於尚待解答的問題，找出其答案的能力呀。

教育最重要的，其實是培育出思考力，以及改善生活的能力。這些關鍵，都必須由人類擔任主角才辦得到。光是由教材本身來擔綱演出，怎能學到如何存活下去的能力呢！

難道不是這樣嗎？

回到正題。方才提到「由外國的觀點來思考日本」，具體來說，是以日本、美國的社會道德規範的比較做為主題。

啊，您說不想看這種主題嚴肅的戲？

您說的有理。不過，學習文化和社會學，其實是件很有趣的事喔。因為透過這種方式，不僅能夠知道各種人不同的想法，也能夠順便檢視身為日本人的自己。況且，還能從養育孩子等切身的例子，來學習和思考現在與今後日本的社會發展。

來來來，現在就請往下讀讀看吧！

並且，請和我們一同思考，今後我國的教育走向、育兒方式、以及社會應有的型態吧。

開場白

我是一個社會學者，已經在美國的大學裏任教相當久了。直到近幾年以來，我才開始在芝加哥大學裏開設「日本社會論」課程，也就是下面這齣戲的背景舞台。

我原本的專長領域是研究「生活事件」（life event），也就是對於就業、轉業、失業、結婚、育嬰、離婚等人生階段中的各種經歷，解析這些事件發生與否的原因，以及為何會發生在較早或較遲的階段的相關問題。

這種調查研究法稱為縱貫式調查（longitudinal survey），必須耗費龐大的金錢，以數十年時間追蹤數千名研究對象，並將相關資料儲存成為資料庫。如此大規模的社會調查研究，幾乎只有美國的機構才有辦法進行。而我的研究，就是分析這些資料。

由於以前只有美國從事這樣的調查研究，我因為從事這些資料的分析，也就成了研究美國社會的專家。

到了近年，在日本也建立了縱貫式調查資料庫以後，我才開始著手研究日本的少子化和工作與生活平衡（work-life balance）等主題。

但是，我開設「日本社會論」這門課的動機，完全有別於我近期的日本相關研究的宗旨。身為一個住在美國的日本人，我希望能夠透過自己的專長領域，把日本的思想傳達給美國人，更深感這是自己的使命。因此這個課程，可說是兼具滿足自我期望與行使義務的雙重產物。

這門課程的教學導向，不是專為研究所的學生規劃成討論學術論文的方式，而是設計成可以讓大學部的學生不受侷限地自由討論的課程。

想要概括式地講授日本社會的全貌是不可能的，我認為與其傳授那些知識，更重要的是以日本為題材，從社會與文化的比較觀點，培育學生多元視角與多元文化性的思考角度。

在美國大學裏的通識教育，注重的不是教什麼內容，而是以何種方式授課，並將重點放在涵養自由思考與培育批評精神。這種教育方針，可以比喻為教師提示學生烹調的素材與方法，其餘便交由學生親自烹煮，再由大家一起品嚐，最後做出「美味」或「難吃」的評判。

每一堂課的參考書目，我分別排入了以下學者的著作，提供給學生研讀：中根千枝[3]、露絲・潘乃德[4]、土居健郎[5]、羅伯特・科爾[6]、村上泰亮[7]、羅納德・多爾[8]、丸山真男[9]等等。或許讓這些至今對日本尚且一知半解的年輕學子，斷章取義地放言評論這些頂尖學者的著作，套句日本的形容用語，委實萬分「誠惶誠恐」；但透過這種方式，確實能夠達到刺激學生求知

3 1926-，日本社會人類學家，代表作《縱向社會的人際關係》。
4 Ruth Benedict，1887-1948，美國人類學家，代表作《菊花與劍》。
5 1920-2009，日本精神醫師與心理學家，代表作《嬌慣的心態》。
6 Robert E. Cole，美國社會學者，加州大學柏克萊分校哈斯商學院及社會學系教授、日本同志社大學訪問學者。主要研究日本的創新、品質運動、組織學習與轉型、知識管理等等。
7 1931-1993，日本經濟學家，代表作《新中間大眾的時代》。
8 Ronald Philip Dore，1925-，英國社會學家，代表作《江戶時代的教育》。
9 1914-1996，日本政治學家與思想史家，代表作《日本政治思想史研究》。

精神的課程目標。

本課程的上課方式是，參考講義已事先交給學生，並請他們於課前閱讀完畢。

選修這門課的學生共有十五名，人數並不多。

在選修的學生之中，約莫三分之二來自社會學系等科系的社會科學院，還有幾位是在人文學院遠東語言文化研究學系研修日語或日本文化的學生。當然，課堂上討論使用的是英語，而日本學者的著作也全部採用英譯本。

那一天的課程講義，使用的是亞瑟．羅賽特與我妻洋刊登在《法學與社會》英文期刊上的研究論文〈道歉的意涵——關於日美的法學與文化差異〉（Hiroshi Wagatsuma & Arthur Rosett [1986] "The Implications of Apology: Law and Culture in Japan and the United States," *Law and Society Review*, 20: 461-498）。

這篇論文的主題是，在說出「我錯了」而道歉的時候，比較日本與美國的文化差異。在日本，傾向以當事人兩造的情感和解為目的，而在美國則是己方承認必須負起損害賠償責任的行為。

不過我在上這堂課時，只略微提及這篇論文，而是將重點放在比較伊索寓言〈獅子與老鼠〉的日文版和美國版的內容上，並且從旁提示學生加以討論。

第一幕　日本及美國舊版本中的〈獅子與老鼠〉

美國版的〈獅子與老鼠〉的故事是這樣的：

有一天，老鼠們湊在一起，紛紛炫耀著自己最引以為傲的事蹟。

「那麼，誰是我們之中最勇敢的呢？」有隻老鼠突然問道。

「當然是我呀！瞧，草原那邊有一頭雄獅正在睡覺。我還敢跳到牠的背上撒野呢！」

其他老鼠們無不發出讚嘆。因為根本沒有其他的老鼠像他這麼勇敢。這隻老鼠為了證明自己的勇氣，於是前去挑戰。當他來到獅子的身旁時，獅子似乎還在熟睡著。老鼠觀察了一會兒，終於下定決心：

（現在應該沒有危險吧！）

他立刻跳上了獅子的背脊。沒有想到，當老鼠正要跑下來時，原本看似睡得酣暢的獅子跳

1 + 1 =

了起來，猛然抬起前腳壓住了老鼠。

「是哪個不知死活的傢伙，竟然把我吵醒啦？」

獅子幾乎就要將老鼠一口吞下了。

「請等一等！您隨時都可以把我吃掉，但請先聽我說幾句話。」老鼠慌張地開口說道，「我身上就這麼一丁點肉，想必還不夠您塞牙縫呢。不如，您這回放了我，日後我一定會對您有幫助的。」

「這話怎麼說呢？」

「我雖然個頭小，但是很勇敢；儘管我的牙齒沒有像您的那般鋒利，卻能咬斷您無法撕裂的東西。所以，假如有一天您遇到困難的時候，我一定能夠幫得上忙的。」

（哇，這隻小老鼠的口氣還真狂妄呀！竟敢說要幫我？真是荒唐的想法。）獅子心想。

不過，獅子在睡午覺之前，剛吃下了一頭鹿，肚子還十分飽足。於是牠說：

「我現在的確還沒餓到非得吃了你這個小傢伙不可，那就放了你吧。算你走運！」

獅子鬆開了老鼠，並朝老鼠逃走的背影譏諷地喊道：

「聽著，你已經承諾囉。記得有朝一日得來救我這頭獅子喔。哈哈哈……。」

過了幾天以後，獅子一不留神，竟然落入獵人設下的捕網陷阱裏。任憑獅子拚命地想咬斷網子，可他的牙齒並不適合用來咬開網繩。經過了無數次的嘗試以後，他終於不得不放棄了。

「這是怎麼搞的呀？我只不過是一時疏忽，竟然得困死在這裏。看來，我死定了。」說罷，牠悲切地吼叫著。

陷入絕望的獅子忽然聽到了像是小動物正在啃咬網繩的聲音。原來，正是那隻老鼠！老鼠奮力接連咬開了一個又一個網目，終於咬出了一個足以讓獅子脫身的大洞。

「出來吧，我已經實現了我的承諾囉。」老鼠對獅子說道。

獅子非常感激地向老鼠道謝，並且告訴他：

「往後，我絕不會只因你們老鼠身軀嬌小，就看不起你們了。」

美國學生們對這個故事已很熟悉，但我在第一次讀到時，感覺十分新鮮。因為，我從小讀到的日本版〈獅子與老鼠〉的故事是這樣的：

有一天，一隻冒失的老鼠，竟然誤闖進一頭正在睡覺的獅子的背上。老鼠以為那是一座淺褐色的土堆。

被吵醒的獅子陡地跳了起來，猛然抬起前腳壓住了老鼠。

「是哪個不知死活的傢伙，膽敢把我吵醒啦？」

「對不起，求求您饒了我！」老鼠發出了哀嚎，「我不曉得這是獅子大爺的尊軀，居然不小心爬上來了！」

老鼠涕淚俱下地磕頭謝罪，拚命哀求獅子的饒恕。睡得酣暢的獅子，起先因為被吵醒了而極為惱怒，可看到老鼠死命求饒的模樣，不禁動了惻隱之心，說道：

「真是個愣頭愣腦的傢伙。既然事情已經發生，那也沒辦法了，這回就原諒你吧。往後可得多留神些哪。」獅子說完，便放了老鼠。

「遵命，我以後絕對、絕對會小心的！萬分感激您的大恩大德！」

老鼠不停地鞠躬道謝，喜獲重生地回去了。

過了幾天以後，獅子一不留神，竟然落入獵人設下的捕網陷阱裏。任憑獅子拚命地想咬斷網子，可他實在沒法咬斷，終於不得不放棄了。他心想：

（唉，我得死在這兒了。）

就在這個時候，獅子忽然聽到了啃咬網繩的窸窣聲，那聲音雖然小，但十分規律。原來，是那隻在獅子嘴下逃過死劫的老鼠，正在勤奮地咬斷網繩。老鼠對獅子說：

「獅子大爺，我來向您報恩了。我馬上救您出來，請再忍耐一下。」

老鼠接連咬開了一個又一個網目，終於將獅子救出來了。

獲救的獅子非常高興地說：

「你真的沒忘了我！我們往後永遠都是好朋友。」

於是，他們維持了一輩子的友誼。

我希望以這兩則寓言故事為素材，讓我和學生們藉由對話的方式，來探討日本與美國的文化差異。若能順利進展，這堂課就算成功了。

「那麼，我們先假設這兩則〈獅子與老鼠〉的故事，各自代表著現在日本與美國文化中的道德類型。因為伊索寓言的主軸就是道德。在這樣的假設下，請問美國和日本的文化與道德，二者有哪些部分呈現出對比，或是有不同的意涵呢？」

我先對學生提出了這個問題。當然，我自己已預先準備了幾個答案，但若教師一開始就說出答案，便失去了教育的意義。況且，在和學生以對話形式授課的過程中，學生也會提出我沒有想到的觀點，不僅學生能夠獲得知識，連我也受益良多。

「有沒有想到什麼呢？你們可以儘管提出任何看法。之前有位上這堂課的學生曾經說過：『美國的老鼠很有美式作風，日本的老鼠很有日本風格』。我覺得，若是他能再加以深入說明，這個答案就很完美了呢。」

學生們不禁笑了出來，緩和了教室裏原本略顯嚴肅的氛圍。

我環顧班上同學，馬克．戴維斯的臉上滿是笑意。他是位體格高大的經濟學系的學生，對社會學似乎很感興趣，以前也曾選修過我開的其他課程。馬克當時繳交的期末報告，闡述理路精要而透徹，令我印象深刻。

大衛．萊特曼正在反覆閱讀比較兩則寓言故事。他的個頭不高，是遠東語言文化研究學系的學生，因父母曾到日本工作而在日本住過幾年。班上除了日本學生次郎以外，就屬大衛的日語程度最好。

高橋次郎，大家都稱他次郎，是來自日本的留學生。他目前就讀於社會科學院綜合學系的碩士課程班，簡稱MAPS。我這門課原本是專為大學部學生開設的，在他表達想要修課的意願下，我特別同意他選修。他希望能夠以優秀的成績，直接攻讀社會學系的博士課程。

愛蜜麗．史都華忙著在筆記型電腦上輸入文字，應該是在記下一些想法吧。她同時是文化人類學系和遠東語言文化研究學系的學生，也就是所謂的雙修生，擅長以簡潔凝練的語言，表達自己的看法。

溫蒂．史密斯似乎想要開口說些什麼。她是社會學系的學生，喜歡與其他人辯論。她的踴羅發言，常可帶動起班上的討論氣氛。或許今天也將由她率先拋出論點。

傑夫・富岡朝其他同學環視一圈。他是社會學系的學生，是第四代日裔美國人，目前擔任本校亞裔學生會（簡稱ＡＳＡ）的幹部。個性幽默詼諧，聽說十分熱中於參與政治活動。

凱文・陳是華裔美國人，現在正盯著我看。他目前是政治學系的學生，預定要進入法學研究所進修。

瑪莉・理察斯出神地望著天空陷入思索。她也是政治學系的學生，對日本的政治制度頗有興趣。她近來數度對日本文化持負面觀點的發言，讓我對她印象頗深。

文化不是一個容易了解的範疇。多數日本人單純地以為，西方人對日本的「不了解」乃是出自於無知，因而認為只要西方人對日本人，以及日本文化的認識愈深，就能循著日本的思想軌跡思考事物；換言之，只要「請您理解」日本文化，即便未必全然接受日本的邏輯事理，也應當不至於不問是非曲直，便全盤否定。當然，上述的情況非常多，但是也有恰恰相反的時候。也就是說，西方人愈是了解日本式的思想與道理，就會愈感到反感並予以否定。瑪莉就是這樣的例子。

片刻以後，果然還是由溫蒂先開了口：

「如同羅賽特與我妻兩位學者也提到的，日本的老鼠之所以很有日本風格，是因為一開始就先為自己的行為認錯，希望能盡快恢復與對方之間的情感和諧狀態。相對地，美國的老鼠當然是擺出了美式作風，完全不道歉。」

第一個拋出來的觀點算得上適切。我有預感，只要再往下稍加挖掘，應該能展開一場有趣的討論。

「日本的老鼠先是道了歉。那麼，美國的老鼠最先做了什麼事呢？」我望向所有的學生。

「當然是在心裏盤算囉：到底該對獅子說什麼，自己才能撿回一命。」馬克回答說。

大家臉上都浮現了意有所指的笑容。馬克沒說「想」，而是「盤算」，這個用詞頗有畫龍點睛之妙。

「說得沒錯。那麼，經過盤算以後，他沒有道歉。因為如果道歉了的話……」

「就必須負起損害賠償責任。老鼠會被吞進獅子的肚子裏，做為賠償的代價。」傑夫立即回答。

課堂上爆出哄堂大笑。氣氛變得十分融洽了。

「不過，不只是這樣而已，這並非老鼠不道歉的唯一理由。」大衛接著說，「依照美國版故事裏的情節設定，老鼠在道義上不需要道歉。」

哦，這個觀點挺有趣的，我很期待接下來的說明。

「為什麼？」次郎罕見地開口詢問。

他的英語還不很流利，平時不太容易加入課堂上的討論。

「為什麼說老鼠在道義上不必道歉呢？」

「你又為何覺得必須道歉呢？」大衛反問次郎。

「當然是因為劇情設定是他吵醒了獅子呀。」

「可是，在這個故事中，若是老鼠覺得不應該打擾獅子的睡眠，那麼打從一開始，他就不會做出這種舉動了。老鼠是為了向同伴們展示他的勇氣，才採取了這項行動，根本不覺得自己做錯了任何事。所以，假如當行動失敗以後，老鼠覺得『愧疚』而道了歉，在心態描述上反而前後矛盾。」

大衛與次郎爭論了一會兒。這時，我也加入討論：

「沒錯，關於老鼠爬到獅子背上的行為，兩個版本的假設前提是不同的。若說美國版的是『故意』，那在日本版裏的應該是……」

幾個人異口同聲地回答：「過失」。

「正如大衛所說的，假如是故意採取的行為，只因為沒能順利完成，於是老鼠道歉了，就沒辦法成為一則警世寓言。我認為這在日本版裏面也一樣。這就是在日本版中，必須將老鼠的舉動設定為過失行為的原因。那麼，如果把美國版裏老鼠的動機，也置換為過失行為的話……」

「The mouse would be looking bad.」傑夫笑著說。

（原來如此。這麼一來，老鼠就糗了。）

「好，那麼意氣風發（looking good）的美國老鼠，故意挑釁但是失敗，並且依照馬克所說的，在心裏做了盤算。那麼，他在盤算些什麼？又是如何盤算的呢？」

「當然是在推敲到底該怎麼交易，才能順利脫身囉。他的盤算是，讓獅子覺得殺死老鼠吃下肚的獲利太過微薄，並且盡量抬高活老鼠的身價。」

馬克先從自我獲利極大化的角度，來解釋老鼠的行為。真不愧是經濟學系的學生。

「你說得很對。所以，在美國版裏描述的是獅子才剛吃了一頭鹿，肚子並不餓的情境。但在腦中打著算盤的不只是老鼠，連獅子也有自己的算計。獅子當下是否飢餓，也會影響到他的策略。我並不是說日本版沒有相似的狀況，可是若在美國版中，沒有設定獅子已經吃飽了的情況呢……」

「與其拿一百萬美元的彩券，不如現領十塊錢美金。最後，老鼠就被拿來祭了獅子的五臟廟囉。」傑夫的有趣解說，又讓大家笑成了一團。

「嗯。還有沒有人發現日本版與美國版的其他不同處呢？」

方才的討論已告一段落，我試著再換個話題。愛蜜麗似乎正等著這個時機，立刻接著發言：

「日本版裏的德行之一，是之前的課程曾上過的『報恩』。也就是說，接受了恩惠以後，就必須償還的規範。這也出現在老鼠所說的話裏面。當然，這是日本特有的品德，因此沒有出現在美國版裏，而美國版中與它相對應的品德是……」

「在美國版的故事裏對應的是……？」我忍不住催促她往下講。

「故事裏雖然沒有明確呈現，但我覺得應該是『遵循契約的規範』。這裏強調的是，遵守約定是重要的品德。」

當自己期待聽到的答案，從學生的口中主動說出來時，那種滿足感真是格外暢快。

「可是，」溫蒂開了口，「依照露絲．潘乃德對『恩情』的定義，那是極大的恩惠，受恩者必須承擔一輩子不斷償還的義務。但我不覺得在故事裏，獅子給了老鼠如此大的恩惠。」

「咦，但是……」次郎出言反駁，「獅子饒了老鼠，沒有奪走他的性命耶。」

「這對老鼠或許是一樁天大的恩情，但我是從獅子的角度來看的。就他的角度而言，拿老鼠當成食物，實在沒有多大的價值。打個比方，有位億萬富翁為了自我滿足而略施小惠，給了窮人一千元美金。在億萬富翁看來，一千元美金根本微不足道，但在窮人眼中，卻是一筆大錢。即便如此，假如窮人從此就必須背上不停地償還恩情的終身義務，我不太能接受這種邏輯。」

「對呀，日本版裏的獅子和老鼠處於根本上的不平等狀態。」瑪莉附和著說。

看情況，我必須稍微介入這段討論了。

「在日本版的故事裏，獅子和老鼠的確是設定為互不對等的地位。但若因此而解釋成：這對獅子來說是可有可無的東西，便自我滿足似地日行一善饒了老鼠，我認為有待商榷。在故事裏，獅子看到犯了錯而嚇得發抖的老鼠，覺得很可憐而動了惻隱之心，因此饒了他一命。這種同情，的確和憐憫窮人而給錢救濟的心情有些類似，但我認為，不能把出於同情而行善，看作是偽善。」

「但是，」溫蒂提出了疑問，「如果依照日本版的故事發展，即便把獅子放在『有權處罰犯下過失者』的立場上，若是那項過失不僅僅是說聲『啊，不好意思！（Oops! Excuse me!）』即能得到原諒的程度，那麼就算對方道歉了、反省了，便原諒他，那就算不上是一則警世寓言了。因為寓言中缺少了『犯了罪的人，縱使是無心之過，也必須負起相對的責任』的寓意。」

這是非常關鍵的要點。很多美國學生都和溫蒂抱有同樣的疑問。

「我非常了解，即使是無心之過，既然犯了罪，就必須負起相對責任的邏輯。但是，『對自己的行為負起應盡的責任』是一種品德，不僅如此，我認為還有另一種品德是『成為具有責任感的人』。比方說，在某個國家——假設就是在美國——每個人只要犯了罪或是無心之過，便需負起責任，不，該說是被追究責任。於是，人們每回盡完責任以後，就覺得自己的罪過已經結算歸零了，再也無須感到愧疚。各位不認為會變成這樣嗎？」我這樣回答了溫蒂的疑問。

「的確會變成這種情況。」溫蒂回答。

「因此，或許有些人會因為這樣，就算自己做的是壞事，仍先評估了應負責任的利弊得失以後，再決定該採取什麼樣的行動，是不是呢？」

「是呀，想必很多人抱持著這種想法。不過，依據行為本身的好壞來做道德判斷的人，應當也不在少數。」

「我想說的是，」

（接下來的部分有些深奧，不曉得能否讓他們理解。）

「當有人犯了錯，但當場沒有讓他贖罪而是原諒了他，這個狀況是不同的。犯錯的人將永遠感到愧疚不已。日本人在向別人道歉時，經常使用『過意不去』的字眼，據說，這在古時候不僅表示『照這樣下去，無法償清自己的債務』，也意味著『這樣的話，將會由於負疚感而使心情無法澄明平靜』[10]。

「無論如何，即使道了歉並得到了原諒，不論是在罪過和心情上，仍舊無法結算歸零，而是呈現負數的，因而從中衍生出希望將來能夠將它歸零的情感，或至少不要再增加負值了。在日本版中，獅子叮嚀了『往後可得多留神些哪』，而老鼠的回應是『遵命，我以後絕對、絕對會小心的！』表示這隻老鼠在得到原諒之後，曉得了以後不可以再因為自己的粗心，而造成別人的困擾。我認為在這樣的原諒之中，隱含了這種期許。

「可是，假如老鼠在當下就受到了懲罰，這時候，老鼠未來當然一樣會小心不再大意，但那是出於害怕再度受到懲罰，而不是由於已經反省自己做錯事了。」

（這部分果然還是有點艱深呀。）

正當我在思忖該如何補充說明時，沒想到愛蜜麗居然及時伸出了援手：

「我認為教授的意思是這樣的：在我們的文化裏，透過從自我內心裏衍生出來的道德判斷，將自己的舉止認定為歹事惡行以後，從而被內化成美國型態的罪過意識。但是，山口教授剛才說的是，在日本未必是這樣的情況。日本的情形是，藉由對他者或社會產生的負疚意識，認為自己對別人造成的損害至今尚未相對償還，於是被內化為日本型態的罪過意識。我想，教授的意思是這樣的。」

就在我對愛蜜麗的詮釋感到由衷佩服的時候，馬克提出了一個問題：

「剛剛提到的『被內化』，是什麼意思呢？」

這是社會學和心理學領域的用語，也難怪就讀經濟系的馬克不知道。

「所謂的『被內化』是社會學用語，意思是將特定的價值觀或文化，吸收成為自己的一部分。以我們現在所說的情況為例，不只是在理智上了解對人造成損害時，應當相對補償才適當，而是若不補償，將會感到羞恥，這就稱為內化。」

我先解答了馬克的疑惑，再對愛蜜麗精鍊的發言，大大地稱讚了一番。對於日本文化裏的「羞恥」，相對於露絲・潘乃德認為是受制於他人評價的外來性桎梏，作田啟一[11]在著作《重新思索羞恥文化》（筑摩書房，一九六七年）中，則是將羞恥定義為更加貼近內在的罪過意識，而這正是愛蜜麗的論述。她輕易地突破了潘乃德對於羞恥的有限認知，對於理論的洞悉能力，可說是出眾超群。

10「過意不去」的原文是「済まない」；「無法償清自己的債務」的原文是「自分の債務が済んでいない」；「心情無法澄明平靜」的原文是「心が澄まない」。而「済み」與「澄み」的發音相同。

11 1922-，日本社會學家。

諸如「忠」、「孝」、「恩」、「義理」等日本的傳統德行，可視為對於主從關係、家人或親族關係、師徒關係、村民間的關係等各種功能角色關係的規範。在社會學中，將這種根據功能角色的人際關係，所訂定出來的規範，稱為特殊性規範（particularistic norm）。另外，對於和行為善惡相關的規範，亦即與人際關係無關的適用規範，稱為普遍性規範（universalistic norm）。「羞恥」絕對屬於人際關係之間的特殊情感。而在人際關係之中，當受到了他人的負面評價時，就會產生羞恥意識。

不過，羞恥包括了內在面向與外在面向。內在面向是，感到羞恥的德行於內化以後，成為個人的價值觀。

比方說，原本期待自己能善盡職責卻未能如願，因而對自己感到羞恥與慚愧，這股情緒便內化為羞恥的意識。舉例來說，馬拉松選手圓谷幸吉[12]就是由於比賽結果未能符合眾人的期望，對自己感到羞愧與失望，最後在承受不了精神折磨之下，不幸走上了絕路。

在武士社會裏，也有人遵奉「武士節操」的行為規範，將不名譽視同為羞恥。而武士對於應盡職責的強烈責任感，也與假如未能盡責將會感到羞恥有關。

另一方面，羞恥意識也含有不具道德基礎的外在面向。最常見的情況就是，如果被人看到就會感到羞恥，假如沒被發現就不覺得羞恥。除此以外，這種規範還具有「場域」的適地性準則的外在面向，亦即在某個特定的地方可以做出羞恥的行為，但在其他地方就不能那樣做。有句俗諺說「旅外寡廉恥」（意指：旅行時不怕丟臉而盡情遊玩，會做平時不敢做的事情），即是典型的例子。這很難用倫理的角度來看，因為日本人關注的是，這種「羞恥」是否對特定地點的人際關係造成影響。

關於「場域」的適地性準則，日本和美國可說是完全相反。在美國，最具代表性的適地性準則，就是私領域（private）和公領域（public）的區分。比方和異性打情罵俏的行為，可以發生在私人空間裏，但若出現在公共場所之中，則有失體統。這種區分最大的特色是，可將社會性規範寬鬆的地方，視為嚴格侷限的私人空間，至於其他適用普遍性規範的地方，便是公共場所。

除此之外，在日本傳統上，對於場域的區分有「內部」與「外部」的差別。所謂的「內部」，指的是在自己與村民、有往來的鄰居、或在職場上產生「道義連結」的團體之內；而「外部」，即是在前述團體之外。在這種情境下的「場域」適地性準則與美國恰好相反，這種規範僅適用於侷限性的內部，而不適用於廣大世界的其他外部。這也與身在外面世界「旅行」

12 1940-1968，曾於東京奧運榮獲銅牌獎。

時，即使丟臉也無所謂的思維環環相扣。

文化人類學家露絲・潘乃德在二次世界大戰結束後不久，發表了一本令日本思想界體認到比較文化論的重要性的專著《菊花與劍》（*The Chrysanthemum and the Sword*，中譯本桂冠出版）。並且，她將日本的特徵標記為「恥感文化」（culture of shame），以對應至西方特有的「罪感文化」（culture of guilt）。潘乃德認為的羞恥是，在廣義的「內部」，亦即在「社會」上的外在形象受損，繼而在意他人投注的異樣眼光。但是，作田啟一對這個理論的見解是，潘乃德只觀察到羞恥的外在面向。

不僅如此，適用於身邊的人際關係和角色關係的「內部」、以及這些範圍以外的「外部」的共通性規範，於日本傳統中幾乎不存在。這與日本人被認為缺乏公共精神不無相關。可是，日本人的道德觀，不全然是依照適地性的準則，而且在現代的日本社會中，也已經有了很大的改變。

愛蜜麗只聽了我早前的解釋，便立刻將「過意不去」的負疚感，套接為近似罪過的倫理觀，這與作田啟一主張的羞恥的內在意識，有異曲同工之妙。僅憑我的簡短說明，便能通盤融會貫通，足見她在理論方面的優秀能力。

然而，羞恥的意識在現今的日本社會中，果真已經成為作田啟一所描述的內化道德，成為日本人代代承繼的品德了嗎？我對此非常在意。最近回到日本時，曾在搭電車的過程中目擊到的某一幕情景，此刻清晰地浮現在我的眼前。

我身為規劃與分析縱貫式調查的專家，受聘擔任某個機構的研究計畫顧問。該計畫是採用世代研究法，對日本全國即將出生的嬰兒，抽樣其中一萬人左右，持續數年的追蹤調查。這項世代研究特別關注的焦點是，父母教養兒童的方式。

我平常是住在美國，從事的是前述提到的領域研究，因此，當天在日本的電車裏看到的事件，帶給我極大的震撼。

那一天，有個約莫三歲大的小女孩在地下鐵的車廂裏大聲喧鬧。當時是午後的交通離峰時段。女孩的媽媽央求她：

「小〇〇，拜託妳行行好，等回到家以後，隨妳要發出多大的聲音都沒關係。妳瞧，大家都在看妳呢。求求妳快給我安靜下來！」

小女孩堅決地回說「不要！」並且發出更大的叫聲。她的媽媽只在一旁以近乎囁嚅的音量，反覆唸著「拜託！」懇求小女孩。

在同樣的情境下，我很容易想像出美國的媽媽會如何應付。

換做是美國的媽媽，想必會先很有威嚴地喝斥孩子：

「Listen!」

有時候或許會以全名直呼孩子：

「Listen, Susan Smith!」

當父母平常親密地僅以Susan叫喚孩子，卻突然改用疏遠的方式連名帶姓直呼全名時，代表父母已將孩子抽離了子女的角色，換成義正辭嚴的態度面對他。光是這樣做，就足以發揮讓孩子心頭一凜的功效。緊接著，媽媽會採取應有的舉動，以及說明那樣做的理由：

「妳應該知道，發出噪音吵到別人是不對的行為吧。而且這是在電車裏，不是在派對上，這裏可是公共場所，所以更要保持安靜才行。」

假如孩子聽完依然我行我素，或是回嘴鬧稱「我不要！」那麼，即便是在大庭廣眾之下，恐怕多數媽媽仍舊會拍打孩子的屁股予以懲罰吧。

但那位在電車裏的日本媽媽，不僅沒有告知孩子在公共場所應該有的舉止，也沒有說出孩子的行為對錯與否，只表示回家以後可以儘管大聲嚷嚷，亦即在不同場域裏的肆意行為是被允許的。而且，日本媽媽並未斥責任性妄為的孩子，僅訴諸於應當在意別人的眼光，試圖喚起其外在面向的羞恥意識，最後甚至落入頻頻「拜託」央求的窘境。

我已經看慣了美國媽媽在相同情境下會如何處置，因而對此感到十分吃驚。儘管這個過程確實反映出「恥感文化」，卻不是讓孩子自己感受到「做出這種事情會很慚愧」，反倒是媽媽自己因他人的異樣眼光而感到羞愧，於是厭惡起孩子的不當態度而已。

若是往昔的日本母親，或許現代也有這樣用心的母親，當她們面臨這種情況時，不會以引人側目即為過錯、或以自身立場為考量，而應該會用其他的方式，將「羞愧」的意識傳達給孩子才是。

在我小的時候，有位鄰居媽媽是家母的好友。她曾對自己的孩子以及當時年幼的我，解釋了「增添別人困擾是羞恥的」，以及與之相對的「成為有用的人是良好德行」的意涵。除此之外，她還以能讓孩子聽得懂的淺白話語，說明應當秉持的品德信念：不僅自己要抱持這種志向，結交擁有相同志向的朋友也十分重要；而擁有這種志向的人在社會上將會得到尊重，也絕對要尊重這樣的人。

鄰居媽媽是某家公司的總經理夫人，她所闡述的道德理念，在明治時代之後，即以理想化的形式呈現在日本經濟的組織倫理之中。

不論是亞當・斯密[13]於其「看不見的手」（invisible hand）哲學裏所論述的，在基於個人的

---

13 Adam Smith，1723-1790，蘇格蘭哲學家暨經濟學家。

自由競爭的追求私利過程中，將會自然產生有效分工的思維，或者是馬克斯・韋伯[14]主張的勤勉與禁欲的新教倫理教義，所奠定的資本主義的精神基礎；日本傳統的倫理，與前述兩種論點截然不同。日本的倫理強調的是，應該「秉持助人為樂的志向，並與志同道合者一齊努力。亦即人人為我，我為人人」的精神。

此外，能夠符合抱持這種志向的上司及夥伴的期待，即為一種品德，而未能符合此點即是「羞恥」。

當然，現代的日本母親教養孩子的態度並非完全相同。像家母好友那樣，透過倫理自覺的方式來教養孩子的母親，原本就不多，想必在現今社會中更是罕見。不過，我相信往後會有愈來愈多的日本母親，能夠像美國母親那樣，對孩子講述事物的善惡與規範。

此外，我還發現有另一種截然不同的日本式的教養方式。我過去曾在相似的場景裏，看到別的媽媽喝斥孩子：

「小〇〇，媽媽不喜歡這樣的孩子哦！」

那位媽媽和早前描述過的在意別人眼光的媽媽不同，採取的是正面訓誡孩子的方法。

可是，如果使用那樣的教養方式，將使孩子無法依循道理來判別事物的善惡，只會養成對於「如此做法將會受到喜愛或厭惡」的反應。其結果將導致孩子只學會對身邊的人察言觀色，適時地做出相應的舉動，方能博得喜愛而不被討厭的態度來。

這或許是因為沿襲自注重和諧人際關係的日本傳統。但與此同時，這往往導致時下的日本青年在採取行動時，只迎合眾人期望的「氣氛」，而不是依循事物的善惡與合理性的準則。

在現代的日本社會中，如果有人的發言不符合周遭的氛圍，有時候會指責這個人「不懂得察言觀色」。直到現在，這與在眾人面前陳述意見時，首先要尊重個性與自由的美國社會相比，日本社會仍有極大的落差。

那麼，在教養孩子時，究竟該使用哪種規範呢？

應當培養其善惡的價值判斷與責任意識嗎？或者養成「不應造成別人困擾，應該要對他人有幫助」的價值判斷？還是要加強其得人喜愛、不被討厭，盡力不擾亂周遭「氛圍」的態度？或者應該強化惹來他人側目即為不當行為的外在面向的羞恥意識？抑或培養其對內部與外部的適地性態度，亦即被西方人認為是缺乏一貫性的道德呢？又或者應該塑造其對於自己的不當行為感到難為情的內在面向的羞恥意識？

父母不論是在有意識或無意識之下，應該對孩子秉持什麼樣的規範呢？我認為這對日本人

14 Max Weber，1864-1920，德國政治經濟學家暨社會學家。

往後應當抱持何種社會性倫理觀，乃至於在世界上能否保有自我尊嚴，都具有深遠的影響。

隨著愛蜜麗的發言，這些思緒在我的腦中不停地交織著。但現在還沒下課，必須專心授課才行。

假如「恥感文化」如同作田啟一主張的，是維持內在面向的要素，那麼就絕不劣於西方的「罪感文化」。我為了要向學生具體說明這點，因此講述了日本警方採行的悔過書制度，以及初犯的起訴率較低的相關事例。

另外，我也介紹了澳洲的新銳學者、犯罪學家約翰．布萊斯維特[15]的理論。

布萊斯維特強調了羞恥的功能有兩種面向。第一個面向是，把犯罪者打上犯罪者的烙印，將他們隔絕在社會之外，使其終生只能繼續當個犯罪者。另一種相反的面向是，透過讓犯罪者在面對父母或自己成長過程中的親友們時，感到「羞愧」的意識並予以內化，幫助犯罪者以「知恥者」的面貌更生，促使他們重新回到社會。

布萊斯維特的理論認為，儘管西方尚不了解「羞恥」背後的功能，但是在日本，藉由對犯罪者施行「內觀療法」的更生方法，並且將之制度化，已使得日本的再犯率相對較低。他的理論得到了一些美國犯罪學者的矚目。當我講述到這裏時，迄今尚未發言的凱文，第一次提出了詢問：

「教授，那些都是刑事方面的例子，請問在民事方面如何呢？相同的思考模式，是否也反映在民事訴訟的結果上呢？」

我解釋在日本民事案件較少走上訴訟途徑，並已設計了官方與非官方的制度，以促使兩造能夠成功和解。講完相關制度以後，我告訴他們：

「不過，假如最後進入民事訴訟，並且確定應由加害者負起賠償責任，當然需要支付相對的賠償金額，就這點來說，我想應該和美國相同。」

「只支付造成實際損害部分的相對賠償嗎？」

「什麼？……我猜應該是那樣吧？」我不自覺地反問。我不是法律專家，不太明白凱文這個問題的意思。

「若是那樣的話，日本就和美國不同了。雖然美國每一州的制度不同，但一般來說，都會對故意的加害行為處以懲罰性損害賠償（punitive damages）。」

「懲罰性損害賠償？」

「是呀。比方說，加害者實際上造成受害者的損害金額是十萬美元，法庭會命令加害者還

---

15 John Braithwaite，1951-。

要付出懲罰金三十萬美元，合計共需支付四十萬美元。」凱文舉例說明。

這時，馬克也參與了討論：

「剛才教授提到，有的人即使做的是壞事，也會對其結果的應負責任先評估利弊得失，再決定採取的策略吧。假如評估以後發現，最終結果對自己有利，恐怕有人會故意損害他人。但若加上了懲罰金，可能就不划算了。這個制度就是為了防堵這類潛在的加害者，以抑制加害情形的發生。」

「原來如此。這就像我方才所說的，讓老鼠因為害怕再度受罰而不敢做壞事，是一樣的想法。只要加重處罰，就能達成這種效果。」

「對，就是這樣。」馬克說道。

我向凱文提出了一個問題：

「可是，我想問問凱文，對加害者設有防堵的機制，但在受害者呢？受害者不僅損害部分能夠獲賠，還能得到追加的懲罰金，不是反而大賺一筆嗎？會不會發生這種情形呢？」

「是的，沒錯。雖然被律師賺走不少，但受害者確實可能由民事訴訟賺到錢。這也造成了訴訟案的增加。」

美國民事訴訟案的增加，還有其他制度上的因素。例如按勝訴判決金額收費的律師費制度，正式名稱是「勝訴取酬制（contingency fee system）」，這和日本的律師收費結構不同。在日本，律師費用除了前金、手續費、每日津貼、各種雜支的實報實銷以外，還包括勝訴酬金。但是勝訴取酬制是，如果損害賠償的訴訟輸了，受害者不必支付律師任何費用，若是贏了，律師將收取勝訴判決金額的四〇％左右，相對偏高。在民事訴訟中，原告方幾乎都是採用這種制度進行訴訟。

「聽起來，這種制度像是律師們的聯合陰謀呢。只要盡量煽動提告，就能多賺些錢。」我不禁嘀咕著。包括傑夫在內，不少學生也表示同意。

大衛這時問道：

「老師，從剛才的討論中，讓我更加覺得，若把美國版的〈獅子與老鼠〉的故事，放在今天的美國社會裏來看，恐怕已經過時了。實在難以想像當出現糾紛需要解決時，竟然沒有律師出面。故事裏還有其他也讓我覺得不合時宜的部分，不過一時沒辦法詳細列舉出來。」

其他許多學生也露出了「頗有同感」的表情。大衛在整段話中，只在開頭處以日語稱呼我「老師」，這是包含他在內的遠東語言文化研究學系的學生中，少數人的特殊習慣。

「這樣嗎？那麼，你覺得應該怎麼改寫才好呢？」

沒有學生能立刻回答出來。或許這個問題還不夠具體，因而很難立刻得到答案。

「我覺得日本版的〈獅子與老鼠〉也是個老掉牙的故事。」次郎說道，「說什麼報恩啦、品德啦，我們現在的年輕人根本不太在意那些。」

我心想，其實也不能怪次郎他們這些年輕世代會有這種想法。

「那麼，次郎，如果由你把日本版的〈獅子與老鼠〉改寫成現代風格，你會怎麼安排呢？嗯，不必現在回答我，你願意當作習題試試看嗎？」

「不要，我沒辦法改寫。倒是教授，您要不要親自嘗試一下呢？」

不只是次郎，普遍來說，日本現代的年輕人遇到要額外繳交作業時，似乎都不積極，總抱持能免則免的態度。話說回來，只單方面增加學生的作業，確實不太公平。

「好！那麼現代日本版的〈獅子與老鼠〉由我來撰寫，但是我有個條件。我們以兩星期後的上課時間做為截稿期限，班上有沒有同學願意改寫現代美國版的〈獅子與老鼠〉呢？而其他同學全都是審查員。假如同學的版本比我的出色，可以得到很高的額外加分；比我略遜一籌的話，我也會斟酌文章內容，幫他加些分數。這就是我的條件。」

班上頓時傳出一片騷動，但沒有人立刻毛遂自薦。這門課上的不是文學創作，也難怪學生對這種特殊的提案興趣索然。

不過，大衛終於怯懦地舉起手來。

「老師，我可以寫寫看，但我有一個要求。」

「什麼要求？」

「不管是美國版或日本版，原本的伊索寓言版本都含有道德寓意。我覺得自己沒辦法寫出以道德為主軸的現代美國版的〈獅子與老鼠〉。我可以寫成不是講述道德的寓言故事嗎？如果可以的話，或許能夠寫得出來。」

「嘿，棒極啦，寫啊寫啊！」

我還沒來得及回應，傑夫已搶先幫腔。

我的想法當然和大衛一樣。

「當然可以呀。仔細想想，我恐怕也寫不出具有道德寓意的現代日本版的〈獅子與老鼠〉。所以我們兩個都不必受到任何侷限，可以自由發揮。」

這個問題到此算是有了定案。儘管我攬回了「額外」的工作，但縱使成效不大，為了激發出學生的潛力，教師有時也必須多做些功課。總長為一小時二十分鐘的課堂，現在差不多上了一個多小時了。到目前為止，授課內容還算令我感到滿意。可是，還有一處重要關鍵必須討論才行。

「美國版和日本版的〈獅子與老鼠〉有一個相同之處。在日本版的故事裏，獅子和老鼠之後變成了好朋友。至於，美國版故事的獅子和老鼠，也成為互相尊重的關係了。這雖然不同於友誼，但可以說，兩種情況都產生了相互信賴的良好關係。

「在這裏必須特別注意的是，不論是美國版的〈獅子與老鼠〉，或是日本版的〈獅子與老鼠〉，兩個主角都處於同樣的文化情境中，基於對彼此言行舉止的共通理解而採取了行動。因此，在這個共通的文化基礎上，雙方都能正確了解所有言行舉止的意涵，再加上展現誠意的行動，最後才能產生人與人之間，啊……說錯了，是獅子與老鼠之間的信任關係。假定現在雙方雖然都有誠意，但是缺乏對另一方文化的理解。換句話說，如果是日本的老鼠遇上了美國的獅子、以及美國的老鼠碰到了日本的獅子，而且前提是，美國的獅子和老鼠、日本的獅子和老鼠，全都只曉得自家的文化。這麼一來，會發生什麼樣的結果呢？譬如，日本的老鼠遇到了美國的獅子的時候……」

「那就會像傑夫剛才說的，『好，你承認自己該負責了吧。看來，我也要不到其他東西做為損害賠償，那就勉強吃了你這塊小肉團吧！』於是獅子把老鼠一口吞下。」馬克說道。

「應該會演變成這種情況吧。所以在這種情況下，不會得到良好的結果。如果，換成是美國的老鼠碰上了日本的獅子呢？」

「我不曉得日語的『傲氣凌人』，用英語該怎麼表達。我認為那頭獅子會被態度囂張的老鼠激怒，最終還是把老鼠一口吞下。」次郎回答。

由於次郎以日語說出「傲氣凌人」之詞，我幫忙翻譯說明，這句話是指：「比自己地位低下的人，卻擺出平起平坐似的態度，而惹惱了自己。」

「我也認為如同次郎所說的，這種情況同樣不會出現好結果。兩個不同文化背景的人，在沒有正確了解雙方的思考理路，尤其是語言與情感表現的訊號意涵的情況下交流，哪怕各自展現了具有誠意的行動，依舊很難建立起互信的關係。剛才那兩個例子代表的就是這層意義。這個概念很重要，希望各位能夠牢牢記住。好了，對於這兩個版本，還有沒有剛才沒發現的不同之處，或是無法理解的地方呢？」

就在我心想，今天的授課內容差不多都講完了之際，瑪莉忽然拋出了一個問題：

「教授，我想問個問題。」

「請說。」

「關於您現在提到的概念，即使兩者具有文化上的共通要素，但我實在沒有辦法接受在日本版的故事裏，獅子和老鼠最後變成了好朋友的事實。再怎麼看，這個故事裏的獅子和老鼠，雙方的地位並不對等。」

瑪莉果然很在意這個部分。

「因為，老鼠的用字遣詞極為卑微，而獅子正好相反。況且，還有剛才大衛也提到的不平等的問題。我覺得在這種狀況下，獅子和老鼠不可能結為朋友。」

「妳的意思是說，地位不對等的兩個人之間，不可能維持友誼嗎？」我反問。

「沒錯。」瑪莉回應。

「我曉得妳想說什麼。」

其實我不必用這種口吻說話，也明知道以前曾因為這樣，反而惹來瑪莉的反彈，但我就是改不掉這種慣用語氣。

「但我覺得，友情也有很多不同的形式。也就是說，就算地位不對等，上位者體恤下位者，抑或下位者對上位者盡忠，從這種關係中衍生出相互信賴的情感，也和友情十分近似。」

「可是我對日本版故事裏的獅子趾高氣昂、再加上那副以萬獸之王自居的態度，實在讓我們無法忍受。喏，妳不覺得嗎？」瑪莉希望鄰座的溫蒂跟著附議。

「嗯……我也有這種感覺，不過……」溫蒂接著說：

「剛剛教授在解釋『傲氣凌人』的詞彙時，我想到了羅伯特・E・帕克[16]在距今六十年前左右，曾經對美國南方與北方做過的比較研究。

「根據帕克的研究記載，在當時的美國南方，黑種人對白種人的相處態度，通常是『保持符合禮儀而適切的距離』。也就是說，黑種人已接受了不同種族在社會地位的尊卑關係，而最為典型常見的例子就是白種地主夫人和黑種僕人的關係。就此而言，黑種人和白種人在個人關係上，呈現的是融洽且信賴的情感。

「另一方面，在美國北方的黑種人，雖然擁有更為平等的種族地位，但是多數白種人還無法由衷接受這個現象，因而使得黑種人和白種人在個人關係上，很難產生融洽且信賴的情感。

「所以，即使是在不同地位的人之間，只要彼此對尊卑關係的認知一致，或許就能夠產生信任和融洽的情感。現在，我們還經常可以看見在職場上部下和上司和樂相處的情景。不過，這通常只能與即使職場位階不同，仍能以個人身分平等看待自己的上司融洽相處，而沒法和總是以上位者自居、擺出高不可攀架勢的上司合得來。所以我雖然讀得懂帕克的理論，但無法贊同這個觀點。」

羅伯特・E・帕克是二十世紀前期的美國知名社會學者，也是當時芝加哥大學社會學系的領導者。

溫蒂的意見真是高超的卓識！多數現代美國人的認知是，儘管職場上的位階不同，但在個

16 Robert E. Park，1864-1944，美國社會學家，芝加哥學派的主要代表人物之一。

人關係上必須依循平等的原則。因此，美國人對於日本版的獅子和老鼠之間的關係，在情感上恐怕無法接受吧。

相對地，以表現出符合地位差異的態度做為行為準則的日本人，當站在獅子的立場的時候，對於美國版故事裏的老鼠的態度，很容易因其「傲氣凌人」而被激怒了。現代的美國人幾乎很難體會這種情感上的反彈吧，而這與大約六十年前，美國北部的白種人對於黑種人的感受頗有共通之處。

對於溫蒂的這番意見，瑪莉的反應和我不同。

「噢，原來是這樣的呀。這果真是因為在不平等的社會裏所產生出來的特有情感呀。」

她的話中充滿了偏激。對此，我不能坐視不管。

「瑪莉做的註腳有點奇怪。她在話中暗指日本是個不平等的社會，而美國社會沒有這種情況。實際上，美國和日本哪一個是不平等的社會，無法這樣輕易地比較出來。」

我先講述了美國和日本的社會不平等的歷史分歧，以及現代的主要差異以後，又接著往下說：

「所以，問題不在於哪一國的社會比較不平等，而是以在兩個社會裏都可看到的個人社會地位的差異做為前提時，為何日本比美國更容易出現地位相異者之間融洽的個人情感。關於這點，溫蒂的意見非常切中關鍵。可是，她也提到了，儘管了解理論，卻無法心有同感。為什麼會這樣呢？我也不曉得該怎麼解釋才好。假如以身邊的例子來說，那就好比兄弟姊妹之間的關係……」

突然間，瑪莉攔住了我的話：

「教授！您認為兄弟姊妹的地位不同嗎？」

我不得不承認引喻失當了，忍不住緊張起來，使我接下來的應答也不夠完整。

「不是的，兄弟姊妹在長大成人以後，應該不至於有地位差異，可是在孩提時期，即便只相差兩歲，在經驗與知識上就有很大的差距……」

「教授！」瑪莉又打岔了，「您沒有正面回答我的問題。如同中根千枝所說的，在日本的學校和職場上，縱使年資只相差一年，但仍認知到彼此地位的不同，為了區分位階而互稱『學長』與『學弟』吧？我想問的是，教授是否也基於這種日本人的心態，認為兄弟姊妹的地位是不同的呢？」

幸虧她提到了中根千枝，我終於得以冷靜地應對這個略帶挑釁的質疑。

「妳說的日本人心態，我當然也有呀。雖說我已經住在美國很多年了，畢竟還是日本人。尤其是到日本的時候，若是在說話時，沒有依循年齡或地位的差異使用敬語，有時會很失禮。

所以這和喜不喜歡這樣做無關，而是某種程度必須體認到年齡和地位的差異。

「可是，由於英文中沒有區分尊卑的用法，所以我在美國生活時，不會特別留意到那些差異。但至少無論我身在什麼地方，都不會以年齡等屬性歧視任何人。

「在第二次世界大戰以前，日本有戶長制度，長子也擁有法律上的特殊權利。可是在戰爭結束後，兄弟姊妹不論性別或出生順序，在法律上一律平等。

「至於兄弟姊妹或學長學弟的關係，確如幾堂課前提到的中根千枝主張的縱向關係，從排序意識來說，也可稱作地位。不過，這種想法並非認為權利或身分的差距來自於人們排序的先後，而是在日本傳統中，對於自己身邊的資深者十分尊敬，也認為往後還有很多機會輪到自己，而那種輪流次序就成了排列順序，這個慣例便廣泛地流傳下來，使得排序意識成為日本人無可避免的意識形態之一。

「不過，企業近來引進了成果主義思維，不再是由依序輪流的方式給予員工機會，年資排序制度也開始崩解，尤其是年輕世代的排序意識，似乎不再像往昔那般根深柢固了。」

「是嗎？那就沒關係。」

儘管瑪莉不再咄咄逼人，卻沉著一張臉，語氣中也明顯地強抑著不滿。我對她的挑釁態度也不知道該如何應對。霎時，班上的氣氛有些尷尬。

幸虧愛蜜麗打破了這股沉默：

「教授，我可以請教一個問題嗎？」

「好，請說。」

「在日本版的〈獅子與老鼠〉故事裏，獅子說了：『既然事情已經發生，那也沒辦法了』，我不大懂這個意思。請問這段話的真正意涵是什麼呢？」

「我想，這裏指的是獅子睡得正酣暢卻被吵醒了，即使事後處罰老鼠，也沒辦法找回香甜的睡眠。美國不是有句俗諺『別為打翻了的牛奶懊悔難過』（Don't cry over spilt milk）嗎？」

「這兩種情況完全不同。打翻了牛奶是自己的失誤，當然得由自己負責，就算事後懊悔也無濟於事。可是，依照這個故事裏描述的，犯下過錯的是老鼠，而受害的是獅子，所以是不同的狀況。」

她說的也有道理。我半是同意她的論點，再繼續往下說：

「可是呢，或許可以這樣想：就結果而言，最後還是相同的。不管是怪罪別人或是責備自己，都沒有辦法再重新熟睡了。所以，同樣面臨了無可奈何的結局。」

「我完全無法理解教授的解釋。」愛蜜麗回應。

其他學生似乎也支持愛蜜麗的看法。

對於這種隱含佛教諦觀的思維，也難怪美國人在情感上無法了解。

「是嗎，你們聽不懂這種解釋啊，真糟糕。但是下課時間已經到了。好吧，讓我回去研究一下，下次上課時再回答你們。」

臨下課前，班上總算又恢復了往常的和睦氣氛。

第二幕 日本與美國〈獅子與老鼠〉新版本的比較

自從我和大衛分別撰寫現代日本社會版和現代美國社會版的〈獅子與老鼠〉，已經過了兩個星期。

今天是發表新版故事的日子。大衛依照早前的約定，在兩天前的那堂課的前一天，已將他的作品送交給我了。真是一篇精采的文章！

我把我那篇好不容易才寫出來的故事、相關的參考資料，連同大衛的作品一起在兩天前的課堂上分發給大家了。除了請同學在下次上課前讀完這些講義以外，沒有特別規定他們必須根據某種觀點加以分析。

當我踏入教室時，可以感覺到大家對今天的課程充滿了雀躍的期待。

「好，大家都曉得，今天的課程是延續兩週前的部分。依照約定，由大衛來寫現代美國版的〈獅子與老鼠〉，而現代日本版是由我負責的。如同之前提過的，要請各位評論是誰寫得比較好。

「但今天的課程目標不只是這樣。我也希望大家討論寓言故事裏的現代日本和美國，與古老的日本和美國有哪些差異，以及那樣的呈現方式是否成功。

「不過，除了次郎以外，恐怕其他人都對現代的日本不大了解，所以，這兩則故事的比較觀點，不是從何者的呈現方式能夠翔實呈現出現實狀況，而是哪一方的寓言性比較有趣、讀起來能讓人心有所感。各位同意採用這樣的評斷方式嗎？」

大家似乎都同意了。

「那麼，該從哪篇開始討論呢？我想，從各位會覺得比較有真實感的大衛的作品先來。這篇寫得真是太精采了！」

第一場　現代美國版的〈獅子與老鼠〉

大衛．萊特曼改寫的現代美國版〈獅子與老鼠〉的開頭，和古老的版本完全一樣。也就是說，老鼠為了向同伴們證明自己的勇敢，便說，「我敢爬到牠的背上撒野喔！」接著他真的跳到獅子的背上……。

沒有想到，當老鼠正要跑下來時，原本看似睡得酣暢的獅子陡地跳了起來，猛然抬起前腳壓住了老鼠。

「是哪個不知死活的傢伙，竟然把我吵醒啦？」

獅子幾乎就要把老鼠給一口吞下了。就在這個剎那，有個傢伙在附近觀察事態的發展。這傢伙正是狐狸。狐狸飛快地衝了出來，連珠砲似地大聲嚷著：

「獅子大王，請等一下呀！這種事情怎麼可以私下解決呢？我明白您當然有自己的主張，可也該給老鼠一個辯白的機會呀。維護公正（justice）是很重要的呢。您貴為獅子大王，想必應當非常明白這個道理吧。」

狐狸才剛說完，迅即朝老鼠附耳問道：

「您自己，喔不，您的家人和朋友們在經濟上想必很寬裕吧？」

「什麼？」

「只要勝訴以後再付我酬勞就可以囉。換句話說呢，如果敗訴的話，我一毛錢都不拿；可是如果我能救你一命，請給我豐厚的謝禮喔。」

「那、那是當然！」一心只求活命的老鼠連忙答應。

「那麼，就這樣決定了。你什麼都別說，把一切全交給我。」

狐狸低聲說完以後，旋即朝向獅子高聲嚷嚷著：

「公正！公正！」

（這傢伙冷不防插進來，到底想要幹啥啊？）

獅子不禁火冒三丈，一回神才發現，已經有很多動物被這場騷動引了過來，圍聚在四周了。而且，有些動物看到狐狸不停地吶喊著「公正！公正！」以後，似乎也頻頻點頭表示贊同。

（算了，反正這分明是老鼠的錯，我肚子現在也還不餓，不如就照狐狸說的「公正」去解決吧。）

獅子強抑住怒火，冷靜地打定主意了。

幾天以後，法庭開庭了。

庭長是猩猩，代理獅子控告老鼠的檢察官是野狼，而為老鼠辯護的當然是狐狸。還有松鼠、馬、牛、美洲獅、羊、熊各兩名，共計十二名陪審員。法庭上還有許多動物出席旁聽。

至於有罪與否，最終是由陪審團決定的。當陪審團做出「無罪」判決，就算是庭長也不能更改這項決議；相反地，如果陪審團做出「有罪」判決，除非有極為重大的理由，否則庭長不得更改為無罪。況且，通常庭長不會變更這項決議。因為假使庭長輕率地推翻了陪審團的決定，必定會引發動物們的暴動抗議：

「這樣不算是由我們的代表做出的審判，根本就不公正嘛！」

因此，野狼和狐狸準備展開辯論，爭取擔任陪審員的松鼠、馬、牛、美洲獅、羊、熊等動物能夠同意自己的主張。

一開始，先由野狼詰問老鼠，確認牠是否跳到獅子背上撒野的事實。老鼠坦承不諱。接著，野狼做了以下的陳述：

「老鼠明知那是獅子的身體，並且故意在牠身上奔跑，這點確鑿無誤。

「因為根據獅子的觀察，老鼠起初先窺探牠的情況，等看準牠正在睡覺之後，便跳到牠的身上來。

「由於這點關係重大，我已經找到當時有聽到老鼠們對話的動物。證人說如果有必要，牠願意出來作證。」

野狼說完，聲聲嘆息便從旁聽席裏傳了出來，彷彿在說：這下子老鼠可要沒命嘍。

野狼試圖要老鼠承認自己跑上了獅子身體的舉動，乃出於預謀且故意為之的行為，只見狐狸站起來請求庭長：

「關於這項詰問的回答，因為與即將揭露的事實有關，希望能夠保留到稍後再回覆。」

「為什麼現在不明確否認那並非故意的行為呢？狐狸到底在搞什麼呀？」在旁聽席裏支持老鼠的動物們，紛紛發出了疑惑與不滿的聲音。

野狼緊接著提出了老鼠的罪名依序包括：最嚴重的是反叛罪、其次為侮辱罪、最輕的是妨礙安眠罪，並且陳述了各項罪狀的理由，還強調了別說是最嚴重的反叛罪，僅憑對獅子侮辱罪，就足以被判處死刑。所幸區區一隻小老鼠跳上獅子的龐大身軀上，還不至於使獅子受傷，否則又得加上一條重傷害罪。

狐狸立刻起身陳述：獅子並不是所有動物全都認可的萬獸之王，不符合反叛罪的要件；而且，既如野狼說的，獅子「當時在觀察」老鼠的舉動，表示他應該是醒著的，所以妨礙安眠罪也不成立。

「我說，各位陪審員啊，」狐狸接著說，「其實，我最想向各位報告的是另一件事情。」

狐狸迅即向猩猩庭長請示了可否進入本題以後，再接續方才的敘述：

「各位，我最想跟各位報告的是，這隻老鼠罹患一種特殊的疾病，病名叫作『注意力不足過動症候群』。」

「『注意力不足過動症候群』？有人聽過這種病嗎？」旁聽席上傳來了交頭接耳的嘈雜聲。

野狼立即站起來說道：

「各位陪審員們，我從來沒聽過『注意力不足過動症候群』這種病。不過，很容易想像狐狸想要說什麼。我推測狐狸想要說的是，『老鼠是一不小心才會闖下大禍的，他根本沒留意到那是獅子的身體』。我認為他是為了要佐證這套說詞，才會搬出『注意力不足過動症候群』這種誇張的病名。

「不過，在各位聽取狐狸的辯解前，我想先提醒您們兩件事：

「第一，若說老鼠的行動是『不小心犯下的』，顯然是前後矛盾的說法。關於這點，不論是狐狸或老鼠，到現在都還沒有解釋清楚。第二，即便老鼠的行為確實並非出於故意而是過失，但其行為明顯已造成了我方當事人的損害，依然是有罪的。請各位在決定老鼠有罪或無罪時，千萬別忘了這兩項前提。」

聽完了野狼的補充以後，狐狸先說的是：

「庭長！野狼完全是基於臆測，在看待我陳述老鼠的注意力不足過動症候群的事實。」

猩猩庭長點頭表示明白，轉身面向陪審團說道：

「狐狸說得完全正確。各位陪審員，基於臆測與根據事實，二者完全不同。審判必須根據事實才行，因此關於野狼剛才並非根據事實的陳述，請勿列入考量。」

陪審團裏的松鼠、馬、牛、美洲獅、羊、熊等動物們，儘管沒有把握是否能夠確切理解猩猩庭長的發言內容，但全都順從地點頭了。

狐狸又接著說：

「陪審團的各位。在我說明注意力不足過動症候群之前，希望先確定兩項前提：首先，是否真的有所謂的注意力不足過動症候群，以及老鼠是否真的罹患了這種疾病。」

狐狸說到這裏，先向庭長遞交了浣熊精神醫師所出具的診斷書。診斷書上載明「**茲證明老鼠患有注意力不足過動症候群**」，還寫滿了一大堆看似數字的符號，並且附上了浣熊的簽名與昨天的日期。

（咦？）

在一旁看到診斷書的老鼠心想：

（昨天，狐狸叫我去見浣熊，浣熊問了我很多問題，不曉得和這份文件有沒有關係？不過，說什麼注意力不足過動症候群，那時候浣熊沒有提到這個名稱呀。）

「第二項，」狐狸繼續往下說明，「我要說的是，不論任何人幹下了驚天動地的行徑，只要完全是他的疾病所造成的就無須負責，因此也不算是犯罪。他真正需要的只是治療而已。接下來我將證明，老鼠闖出的大禍，完全是這種注意力不足過動症候群所導致的。那麼首先要解釋，注意力不足過動症候群到底是一種什麼樣的疾病？」

狐狸開始講解起來。依照他的說法，這種疾病不僅只是單純的經常缺乏注意力，以及不經思索便採取行動，還有其他更為嚴重的症狀。

「關於這方面，我想請專家作證。」

狐狸說著，便傳喚了浣熊出庭當證人。浣熊證明了，注意力不足過動症候群這種疾病的症狀是，至少會在短時間內無法判斷自身行為的是非，以及將會造成何種結果，甚至對自己此刻正在做的事情，也沒有明確的意識和注意力，因而會不自覺地做出某些舉動。

浣熊更進一步講述了，尤其當患者在幼兒時期遭逢過極端痛苦的經驗，並於該時期失去了能夠關懷與提醒自身行動的保護者，遭到棄之不顧，就很容易發生這種疾病。

「根據這位證人的證詞，」狐狸接著繼續說，「老鼠在還不滿一歲時，便親眼目睹了母親慘遭山貓的襲擊與撕咬扯裂，並被叼走的恐怖經過，更可以說是非常悲慘的回憶。浣熊醫師認為，那段經歷很可能造成精神創傷，成為發病的原因。您是這樣說的吧？」

浣熊回答「正是如此」。旁聽席發出了不少對老鼠的同情聲，還可聽見批判貓族動物的竊竊私語，使得原告的獅子和陪審員的美洲獅們，無不感到坐立難安。

這時候，身為當事人的老鼠只覺得難以理解。

（我的確告訴了浣熊，媽媽在我一歲之前就死掉了，可沒說是遭到山貓的襲擊呀。這到底是怎麼回事呢？）

等到鬧哄哄的旁聽席恢復平靜以後，狐狸談起了老鼠在成長過程中，最初出現病兆的幾則小故事。

牠在幫忙父母做事的時候，本來是根本不急的事，偏偏每次都衝奔出去就絆到腳，經常摔壞了搬運的物品，每一回都遭到父親或繼母的嚴厲責罵。還有，牠在和同父異母的弟弟們玩耍時，沒有考慮到牠們的年齡和體力而把牠們揮甩出去，害牠們受了些皮肉傷，這時牠父親就會狠狠地處罰牠，把牠打到留下了嚴重的傷疤。

狐狸說，這些事情導致了老鼠的病情愈趨惡化。

「要治好老鼠這種疾病，首先必須對牠抱持善意、關愛與守護著牠，而牠的父母，或者監護者亦要用心矯正牠粗心的舉止。從治療這種疾病的觀點來看，像現實中老鼠的父親與繼母那樣，只看表面的結果就加以嚴厲處罰的做法，只會造成反效果而已。當然，我這完全是根據浣熊的診斷。」

狐狸說著，再度徵求了浣熊的證詞。

旁聽席裏有更多動物們交頭接耳，對老鼠感到更加同情了。對於老鼠成長過程中的悲慘故事，原本應當找出直接的目擊者，提供確認事實的證詞，可是狐狸宛如親臨現場的滔滔敘述，讓野狼聽得入神，根本忘了該提出抗議。

「好了，至於事件發生的那一天，」狐狸說道，「這必須取得老鼠本人的證詞，所以我想傳喚牠。」

旁聽席忽然安靜得悄無聲息。

狐狸稟告猩猩庭長，由於老鼠在眾人面前說不出話來，因此事先辦妥了相關手續，向老鼠取得了確認供詞後，由自己代為傳達，也徵得了猩猩庭長的同意。接著，狐狸立刻附在被傳喚出庭的老鼠耳畔，悄悄地告訴牠：

「全都包在我身上。你只要在我每一次問到『是這樣對吧？』的時候，明確地作證『是的』就可以了。我說了些讓你意外的事情，你也不可以猶豫，明白了嗎？」

老鼠已經很清楚，狐狸已著手編造了一個違背事實的故事，而自己只不過是牠的一顆棋子罷了。況且這個故事的後續發展，完全掌握在狐狸的手中，自己現在的最佳策略就是任由狐狸擺布。老鼠於是回答說：我聽從指示就是。

後續的證詞，都是由狐狸陳述、老鼠確認的方式反覆進行。大致上的過程如下。

狐狸首先敘述：當天早上，老鼠原本好心幫忙卻把事情搞砸了，被繼母狠狠地痛罵了一頓以後，又被吩咐趕緊出門去辦事。

「老鼠就是在出門辦事的途中，在草原上遇到了那群老鼠的。當時，圍聚著的老鼠們正在談論『誰是我們之中最勇敢的呢』之類的無聊話題。恰巧，那時老鼠的心情很是低落，為了排解鬱悶、幫自己打氣，半開玩笑地說自己最神勇。而且，為了證明牠所言不假，便不加思索地炫耀說『我敢爬到獅子的背上撒野呢』。」

狐狸講到這裏，老鼠證實說道：

「就是這樣沒錯。」

陪審團和旁聽席上倏然瀰漫著一股凝重的氣氛。

就在同一瞬間，野狼發現了自己原先預備做為殺手鐧的郊狼證詞，也就是郊狼會作證親耳聽到了被告老鼠的確說過那段話，現下已經派不上用場了。

（再這樣下去，情況可不妙呀。）

滿懷不安的野狼開口發言了：

「庭長，沒有證據能夠證明，剛才老鼠這句『我敢爬到獅子的背上撒野呢』是當場脫口而出的。」

「野狼檢察官，難道您有證據能夠證明不是那樣的嗎？老鼠是在宣誓之下供述的，莫非您認為老鼠做了偽證？」

狐狸反駁了野狼。野狼不得不撤回了抗議。猩猩庭長對狐狸說，請老鼠繼續往下陳述。

「接續剛才說的，老鼠還有急事待辦，因此說完那句話以後就和同伴們分道揚鑣了。到了這個時候，他早已不記得剛才為了幫自己打氣，曾對其他的老鼠夥伴們說過了什麼話。偶然間，老鼠遇到了正在草原上慵懶睡覺的獅子。那一剎那，老鼠本能地嚇得想逃跑，可忽然又發現獅子似乎睡得正甜。這隻老鼠在夥伴之間確實是最勇敢的，而且這是牠第一次如此靠近獅子，忍不住嘖嘖讚嘆、津津有味地看了好一會兒，把自己為什麼會來到這裏，全給忘得一乾二淨。突然間，牠想起了自己還得趕著去辦事。」

狐狸描述到這裏，再次從老鼠口中得到「就是如此」的證詞以後，長長地嘆了一聲。緊接著，他提高了嗓門，一鼓作氣地將辯詞陳述完畢：

「各位陪審員，為了讓您們確切了解老鼠為何做出那樣的舉動，我必須再次重申，老鼠罹患『注意力不足過動症候群』這種疾病的真相，而且當天早上，牠剛遭到繼母的責罵，正處於極易舊疾復發的狀態之下。當老鼠驀然想起還有急事待辦的剎那，頓時心頭一驚：『慘啦！要是辦遲了，這下可又要挨罵了，完蛋啦！』於是，便發生如此誇張的誤認事件，可牠滿腦子只急著要去辦事，完全忘記睡在面前的是一頭獅子，只把眼前的獅子背部當成淺褐色的土堆直奔了上去！」

旁聽席發出了此起彼落的低語聲：「怎麼可能有那種事？」「不不不，說不定真是這樣的呢！」

可是當老鼠證實確有其事的時候，旁聽席的交談聲頓時陡然揚升，變得更為嘈雜。

狐狸等旁聽席靜下來以後，又往下說道：

「接下來，發生在老鼠身上的可憐經歷，各位已經非常清楚了。」

狐狸說完以後，輪到野狼對老鼠詰問。可是牠在毫無準備之下失去了殺手鐧，根本沒辦法冷靜地提問。

其後，在最終結辯時，野狼沒有在反叛罪和妨礙安眠罪上多加著墨，只訴求老鼠對獅子的惡質侮辱罪，尤其強調老鼠本身也承認曾經炫耀過「我敢爬到獅子的背上撒野呢」這句話，儘管如此，野狼對判決結果似乎沒什麼把握。

狐狸最後的辯護論述如下：

「各位陪審員，我主張老鼠是無罪的。相關的理由已經陳述得十分清楚了，在此不再重複。最後，我只想報告一件事，或許在您們之中，有幾位（說到這裏，狐狸堅定地盯著兩頭美洲獅）會覺得，即便老鼠的行為是『注意力不足過動症候群』所導致的，仍然『必須以某種方式向獅子賠罪才行』。關於這點，我認為可憐的老鼠已經付出足夠的代價了。

「就在老鼠差一步就要被獅子吞下肚的驚險瞬間，我正好介入阻止，並且親眼目睹了老鼠臉色發青，想必牠嚇得以為必死無疑了吧。縱然他打擾了獅子慵懶的休憩，這樣的責罰不是已經非常足夠了嗎？假如還有動物認為『不，不夠的，就憑老鼠吃了這麼點小苦頭，怎能和造成獅子的困擾相提並論呢？』那麼，我要在此鄭重宣布……」

狐狸話聲稍歇，朝旁聽席環視了一圈以後，再次轉回面向陪審團：

「那種想法，很明顯地是對小動物和弱勢者的歧視！我們絕對不能認同那種觀點！我的結辯到此為止。」

之後，庭長請陪審團的松鼠、馬、牛、美洲獅、羊、熊們到另一個房間裏，讓他們慢慢討論。由於兩頭美洲獅遲遲不願意附議其他動物們的決定，他們花了很長的時間才得出結論。最後，十二名陪審員一致通過，宣布了老鼠無罪的判決。旁聽席驟然爆出了如雷的歡呼聲。

當審理結束之後，只剩下老鼠和狐狸獨處時，老鼠先向狐狸致上由衷的謝忱，接著說：

「不過，您說的話並不是事實啊。」

「哎，我的工作是要讓你無罪釋放呀。我只不過是採取了最佳的策略罷了，真相不是那麼重要啦。對我來說，唯一重要的是，不僅要在辯論上戰勝野狼，還要讓陪審團也認為『自己做出了正確的判斷』，更要使聽到這個結論的多數動物都覺得『沒錯，那才是公正的！』這就是我採取的勝利策略。這回大家都說，『這是場公正的裁決！』真是讓我心滿意足。」

「可是，」滿面歉疚的老鼠又接著問，「承蒙您救了我的小命，還提出這樣的問題，實在非常失禮；但照您說的，這種並非根據事實所得出的結論是公正的，這到底是怎麼回事呢？」

狐狸有些不耐煩，快嘴快舌地回答：

「老提什麼事實不事實的，你滿口認定只有事實才重要！可是現在能讓大家認同的公正判決，根本不是只依照事實認定的呀。比方說，你為何要無聊地爭著炫耀，做出了跑到獅子背上的蠢事呢？你差點因為這樣而丟掉了小命啊。連你自己都說不清楚為什麼會做出這種事，對吧？

「我的工作就是，把連當事人都無法解釋的行為，經過仔細的推敲，說明得讓大家認同，又能引起陪審團的共鳴。而那樣的『共鳴』，不只是對你自身，更對我們大家、對這個動物社會、尤其是對小動物和弱勢動物，都能帶來完美的結果，於是我才採取那種策略辯護的。

「而且在說明的過程中，就算和某部分的實際狀況有所出入，根本沒什麼關係啦！」

在老鼠的認知中，所謂的司法就是「依據事實做出的公正判決」，當牠聽到這番截然相反的闡述，驚訝得啞口無言。狐狸這時又恢復成原本和藹的態度說道：

「當然，還有一件很重要的事，那就是對我而言，法庭不只是追求真理的地方，更是我的工作場所。既然是工作，就非得賺到錢才行呢。對了，給我『勝訴報酬』的事情你沒忘記吧？那麼，我們是否該開始具體討論這方面的細節啦？」

「好的，」我先開口引題，「這次請作者大衛代替我擔任主持人。」

說完，我和大衛交換了位置。我已經事前通知了大衛，這個段落將會由他帶領討論。

「那麼，在開始進入主題討論之前，有沒有人想針對內容提出疑問呢？」大衛先提出了這個詢問。

「嗯，我想確認一下，」溫蒂首先發言，「故事裏出現的注意力不足過動症候群（attention deficit hyper-activity syndrome）這個病名，當然不是指注意力不足過動障礙症（attention deficit hyper-activity disorder）吧？因為在情節中描述的原因和症狀，都和注意力不足過動障礙症不同。所以想請教的是，所謂的注意力不足過動症候群是實際的疾病嗎？還是大衛自己杜撰的呢？」

所謂的「注意力不足過動障礙症」是真實存在的疾病，尤其好發於兒童，患者似乎會經常出現身體躁動、無法安靜自持的症狀。某份擁有廣大讀者的週刊，最近曾以這種障礙症為主題，製作了專題報導。

「是啊，那是我虛構的。我只是依據注意力不足過動障礙症，取了一個近似的名稱，但和這種障礙症完全無關。」

「嗯，我想問的不曉得該算是確認或是意見……」這次輪到凱文發言，「故事裏提到了關於勝訴取酬制的辯護費用，也就是按判決結果收費的情節，但這是適用於民事訴訟中的原告方的制度。在這則故事裏，老鼠是刑事訴訟的被告，若沿用判決結果來收費，似乎有些不合理。在民事訴訟中，被告通常是企業或富人，而原告多半是窮人。為了讓貧窮的原告不必擔心訴訟費用，可以安心提告，才訂定了只需以判決的勝訴程度，也就是依照獲得的賠償金額支付律師費用的制度。所以按判決的結果收費，是專為窮人設計的制度。」

「咦，真的嗎？我還以為這是律師們為了增加訴訟案，才能多賺些錢所設計出來的制度呢。」傑夫插嘴說道。

「就結果來說，或許也脫不了那層意味。但是這個制度的原始用意，完全是為了讓沒有錢的人能夠逕行提告，而無須躲在暗處哭泣。因此，在這個〈獅子與老鼠〉的故事裏，獅子是所謂的強者，也可看成是富人；而老鼠是弱者，抑或是窮人。就這個觀點來看，在故事裏帶入了

『狐狸向貧窮的老鼠提出了只需支付勝訴報酬』的想法是挺不錯的。不過在實際執行面上，很難依照勝訴的程度換算成確切的金額吧。」凱文補充。

「我完全不曉得這個制度的相關細節，所以根本沒想那麼多。」大衛回應。

「那麼，通常有錢的被告是如何支付律師費用的呢？」馬克詢問。

「當然是按照鐘點費計算。端看律師的知名度高低和經驗多寡，其鐘點費有極大的差距。」凱文答道。

「對了，凱文，你即將在我們這裏的法學研究所進修吧？我記得你說過要主攻民事訴訟？」傑夫向凱文問道。

「嗯，我目前是這麼打算的。」

「那麼，等你當上了律師以後，想要為哪一方辯護呢？被告？還是原告？」

「哈哈哈，別問這麼難回答的問題嘛。我們學校法學研究所的畢業生，若是成為民事訴訟的律師，幾乎大部分都是受到企業或有錢人的委任，為被告辯護的。」

「什麼嘛，你以後不是站在『沒錢人』這邊，而是要替『有錢人』辯護？」

「嗯，我想應該是這樣的。不過，以往像我這樣的亞裔美國人，即使想要為那些企業或有錢人服務，也沒有辦法被聘為律師。雖然我還不知道自己能否辦得到，但若真能成為這些人的辯護律師，對於提升亞裔美國人的社會地位，將會很有助益。」

「也就是說，不僅對你自己有利，也能減少社會的不平等，真是一箭雙鵰呀。你還真是個幸運的傢伙哩！」傑夫爽朗的語氣中沒有絲毫揶揄之意。

這時，我回想起以前傑夫和我私下交談時，曾經提過他不贊成廢除「權益平等促進行動（affirmative action，指消弭種族歧視與性別歧視的積極性政策，也譯為「平權措施」）」。

由於這個制度連結到大學入學生的種族分配比例，曾經使得平均成績較優的亞裔美國人，因受限於配額而權益受損。

傑夫認為，如果廢除了權益平等促進行動，儘管有益於自己這些亞裔美國人；但是保留該項平等行動，既可以抑制潛在性的種族歧視者，又能保護那些發起了公民運動、並對消除美國社會的種族歧視具有重大貢獻的黑種人，所以他反對廢除這項促進行動。

「喂，再談下去就離題囉。」主持人大衛出面制止，「那些話題留到下課後再聊吧。好了，還有其他問題嗎？」

「……」

「看來似乎沒有，那我們就開始討論這則寓言的主題吧。大家認為這篇現代美國版的〈獅子與老鼠〉，想要呈現的主題是什麼呢？」

「是不是關於美國現代社會中，刑事訴訟的被告律師所扮演的角色呢？」溫蒂率先回答。

「沒錯，這是其中一項主題。」大衛回應，「對於這項主題，這則寓言故事想要表達什麼意涵呢？」

「律師得到了名利雙收的完美結局（Attorneys appear to balance themselves well between two stools），」這次是愛蜜麗發言，「也就是自我利益與社會正義的實現。不過，前者是『真心意』，而後者是『場面話』。」

愛蜜麗以日語發音，說出了「真心意」和「場面話」兩個詞彙，而且在「真心意」的「真」字上，以及「場面話」的「面」字上，都加上了重音。關於這兩個相對性的概念，很早以前我已在課堂上講解過，班上同學都大致了解。

「也就是說，偽善。」瑪莉說。

傑夫正在跟坐在旁邊的凱文說悄悄話。

由於我坐在他們附近，聽到傑夫問的似乎是：「你覺得呢？（What about you?）」而凱文則明顯地聳聳肩。我想，他們兩人的交情應該很好吧。

「雖然愛蜜麗提到了『社會正義的實現』，」大衛接續著方才討論的話題，「但那是狐狸的說詞，和我企圖傳達的概念有些出入。有沒有人察覺到了呢？」

「我猜，」溫蒂開口說道，「從狐狸捏造出偏離真相的故事來看，他那是一種擬劇性（dramaturgy）表演，也可以說是採用了印象操作的策略。」

「正確！印象比真相更重要。」身為作者的大衛回答。

「虛擬的真實比實際的真相來得重要。」馬克補充道。

所謂的「擬劇性表演」，是社會學家爾文．高夫曼[17]提出的理論，也就是人們在日常生活中，彷彿演員在舞台劇裏演出一般，會依照自己期望呈現給周圍「觀眾」的印象而採取行動。

這時候，我也參與了討論：

「說得也是，美國社會對於公正的伸張，已經從根據事實與理論，逐漸轉為意象和心理導向了。這一部分是受到傳播媒體利用事件本身的不確定性，訴諸感性的報導方式的影響，律師也利用了這種傳媒效果做為辯護策略。」

這個話題引發大家興致勃勃地談論到一件發生在比佛利山莊的弒親案。有一對兄弟涉嫌殺害了父母，而律師在辯護過程中刻意讓大家認為，其實加害者小時候即是受虐的被害者。後來這個刑事案件成了知名的具體判例。在這段談話中，傑夫提出了很有趣的觀點：

「可是我覺得在這個故事裏，大家似乎都任由狐狸擺布。陪審團不是應該更積極努力去挖掘出真相嗎？」

「我因為要突顯律師的角色，才創造出那樣的故事。從這個角度看來，故事的編寫手法的確有些偏頗。」大衛表示同意。

我也適時加入了討論：

「各位對於陪審員制度，有什麼看法呢？其實日本也準備引進類似的『裁判員』制度。」

我簡單解釋了這兩種制度的共通點與相異處。

「不過呢，無論是陪審員或裁判員制度，這些制度所謂的好處都令我存疑。要對一個人做出有罪或無罪的判決，必須具備法令的知識、判例的知識，以及對證據的妥適性的鑑別方法和判斷力，不管哪一項都屬於高度的專業，更何況還必須具有極高的倫理標準。然而，拿美國來說好了，挑選陪審員的方式竟是對沒有受過任何專業基礎訓練的普通公民，突然寄送法院通知書指定擔任。實際上我在幾天前，也接到了伊利諾州法院命令我擔任陪審員的通知，上面還寫著如果不去報到，將會被處以罰金之類的威脅文字。

「參與案件審理的公民，雖然可以領到少許的計日酬金，但其他的費用均須自己負責，對於沒有辦法休假的領取時薪或自營業的民眾，實在造成不小的負擔。所幸我不是美國公民，因

---

17 Erving Goffman，1922-1982，美國社會學家，代表作《日常生活中的自我表演》。

此不符合陪審員的資格，最後法院撤銷了該項派令。

「可是若身為美國公民，就得被強迫參與這項兼差工作，決定被告人有罪與否，有時甚至還得決定是否該判處死刑，但這些人根本沒有任何法律的相關基本知識。我認為，讓陪審員決定有罪或無罪，根本是超乎他們能夠承擔的責任的無理要求。這種陪審員制度，根本沒有善盡保障被告的責任。打個比方，這種制度就像是醫生僅向一個外行人說明手術的內容，就讓他站上手術台操刀一樣。

「此外，如同大衛在故事裏描述的，律師和檢察官都傾向於將原本應該含有各種複雜要素的有罪或無罪的判決，只對外行的陪審員做了簡易的說明，甚至是透過印象操作以訴諸情感。這種做法，很容易扭曲真相，不是嗎？」

「教授，可是民主制度原本就是不完備的，這也包括了判決人們的罪行。即便如此，我依然認為對於人們的罪行判決，不應當由握有權力者，而應該是由普通人來做判斷。況且陪審團必須遵循全體一致同意的原則，只要它是基於正確判斷足以說服他人的意見，最終他們做成的結論多半都會被法官採用。」

這段話是凱文說的。如果是在提起國家賠償訴訟以及住民訴訟，亦即當國家與地方自治體成為被告的時候，我認為採行陪審員或裁判員制度是非常具有民主性的適當機制。因為法官的公務員身分很難不讓人質疑其中立性。但若被告為一般公民，卻把案件交由不諳法律的普通公民做出判決，並認為這樣才具有民主性，我很難認同。

「可是，光是以任何制度都不完備當作擋箭牌，我實在無法苟同。」

我沒有再繼續深入這個議題。縱使承認了凱文所說的，陪審員制度屬於民主制度的一環，我認為也必須如同政治學者丸山真男曾經強調過的，唯有在大眾普遍成為「民主主義思想個體」的時候，這種制度才有可能順利運作。換句話說，每一個個體都必須具有確切的價值觀，而其關心的象限應從自身的周遭生活，拓展到社會與國家的層面，並且願意承擔解決相關衍生問題的義務，上述論點才能成立。

對於日本的國民，至今仍只關心身邊小事，尚未培育出「民主主義思想」，近來甚至默許了「迎合周遭氣氛」的社會傾向，卻要將裁判員制度引進這樣的文化土壤之中，不禁令我感到分外疑慮。

討論話題暫歇之際，大衛開口說道：

「呃，除了律師的職責角色以外，其實這個寓言故事裏還隱含另一個相關的主題，有人知道是什麼嗎？」

由於沒有人舉手，我便舉了手。

「那麼請山口先生回答。」大衛說道。

大家一齊看向我，露出了別有深意的笑容。

「嗯，剛才已經討論過，在審理過程中憑藉的是印象和心理。其實還有一個相關的主題，也就是在現代美國版中，至少和古老的版本相比，對於個人行為的承當責任（accountability，或稱「當責」）顯得模稜兩可，而且賦予更為狹隘的定義。老鼠只因罹患『注意力不足過動症候群』便得以免罪——若是往昔的美國社會，應該完全無法接受這種思考邏輯。」

「對，這就是故事裏的另一項主題。」大衛表示讚許，「說得好，這個答案可以拿到A！」

大家全都笑開了。看來大衛也有幽默的一面。

在目前的美國社會中，律師在法庭辯護時，經常將犯罪的原因歸咎於天生遺傳、幼兒時期遭到虐待、家庭與社會環境等因素。這樣不僅可以得到從輕量刑，有時甚至會影響到有罪或無罪的判決。

美國社會過去對於行為的「當責」有更為明確且嚴格的規範，從現代的觀點來看，甚至認為過於苛刻。相較於目前的日本開始重視這類規範，並且終於將「當責」的語詞納入了政治場域，兩國的社會潮流顯然呈現了極大的反差。

最近，這個話題也在某些實際審判的過程中被熱烈討論。課堂上的所有人一致認為，關於當責，不論是過去採行的嚴苛標準，或者是像現代處於模糊地帶，仍有待再三商榷。

這段討論告一段落後，大衛說道：

「那麼，最後借用山口教授曾經提過的問題來請教大家。現代美國版的〈獅子與老鼠〉，和古老版的故事比較起來，有什麼不同處呢？當然，除了……」

「出現了狐狸！」

大衛還沒說完，傑夫已搶先大喊。大家忍不住笑了起來，大衛也跟著露出了苦笑。

「我正想講這個。除去剛才已經討論過的兩項，也就是出現了律師，以及對當責的規範愈趨模糊以外，還有沒有其他的差異處呢？」

「我覺得應該是，」愛蜜麗說道，「最後沒有出現老鼠救了獅子的情節。」

愛蜜麗平常的發言總是充滿濃厚的理論意味。大家對她剛才這句話，全都感到非常詫異。

愛蜜麗有些難為情地趕緊補充說明：

「我不是在模仿傑夫逗大家開心。當個人之間在解決糾紛時，如果有律師或法院的介入，或許得到公正結果的機會比較多；但相對說來，在兩造當事人逕行交涉時，若願意協調溝通，有時雙方亦能產生信賴關係，當然也有可能更加決裂。我想，故事裏沒有寫進老鼠拯救獅子的情節，或許和這點有關。」

「我原本……」大衛接著說，「也試著構思老鼠救了獅子的情節，可是依照這個故事的發展，根本沒辦法加進去。任憑我絞盡腦汁，也想不出能讓老鼠和獅子產生連結的理由。我雖沒有像愛蜜麗思考得那般深刻，但也有相同的感覺。」

這時，我也補充說道：

有關民事上的糾紛，在日本的慣例是，如果兩造當事人能夠直接和解，便會盡量提供周邊協助，除非談判破裂，才會轉向仲裁或是訴訟的階段。相較於兩造當事人不直接對話，一開始便委託律師等仲介人的美國做法，日本的當事人在精神與心理上的負擔都較為吃重。

假如最後能夠順利和解，或許雙方就能夠恢復部分的信賴關係；若是失敗，反倒會加深彼此的不信任，造成精神上的折磨。因此，和解的手段如同一把雙刃劍。

現代美國版的〈獅子與老鼠〉的討論到此結束。我稱讚大衛優異的主持表現，並接下了他的主持棒。

第二場　現代日本版的〈獅子與老鼠〉

在開講之前，我先說了這段引文：

「我想先聲明一件事，這篇寓言故事與其說是現代日本版，更貼切的講法是現代日本青年版。大家讀完以後就能明白，內容對年輕人做出了一些批判。為了維護日本青年的聲譽，我想先強調，我並不是指日本的所有年輕人全都是如此。因為即使同是日本人，其價值觀也是各有不同的。這篇故事充其量只是一則寓言，而且是由我這個中年日本人，不是出於內在的體認，而是經由外在的觀察，對現今日本青年的感受，可以說是既武斷又偏執。希望各位先了解這個前提，再閱讀本文。」

我寫的現代日本青年版〈獅子與老鼠〉是這樣的：

某天，老鼠們聚集在一起，閒聊著是否有什麼好玩的遊戲，大家遲遲都想不出好主意。最後，有一隻愛表現的老鼠說：

「要不要來場試膽大賽呀？你們瞧，草原那邊有一頭公獅子正在睡覺呢。有沒有誰敢跑到牠的背上呀？」

「那不叫遊戲啦！」第二隻老鼠反對說，「再怎麼說，風險也未免太高了。」

「是啊，雖然遊戲都得多少帶些危險性才好玩，但如果為此丟了小命，那就划不來嘍。」第三隻老鼠附和說道。

「不見得啦，」第一隻老鼠補充說，「我看到那傢伙才剛抓到一頭鹿吃掉了。牠現在的反應一定變得比較遲緩，萬一真被逮住了，也不必擔心會被牠吞下肚。」

儘管牠如此強調，還是沒有其他老鼠表示贊同。可第一隻老鼠仍不死心地催促著：

「反正又沒有其他方案，我們就來玩玩嘛。一定很有趣！」

「既然你這麼肯定，那就由你先打前鋒吧。」

第四隻老鼠提議著。不少老鼠們也跟著附議：

「對呀！對呀！」

（慘了，我又多嘴啦。）

愛表現的老鼠暗自叫糟，但牠已經騎虎難下，不容退縮了。儘管心裏百般不願，表面上仍強裝堅定：

「這點芝麻小事，怕什麼呢！」

說完，就硬著頭皮出發了。

「這小子怎麼老是不懂其他老鼠們的想法呢？」

那隻說過「但如果為此丟了小命，那就划不來嘍」的老鼠，冷冷地扔下這一句。其他老鼠們也紛紛點頭同意。

萬不得已來到了獅子身旁的老鼠，不禁猶豫起來。畢竟，獅子實在很可怕。

（我看……還是回去算了。）

老鼠在心裏忖度著，才剛轉身回頭，只見夥伴們頻頻向他揮手嚷著：

「加油喔！」

（這些傢伙真是的，根本不懂別人的苦衷。）

老鼠在心裏嘀咕著。他怯懦地打算朝看似熟睡的獅子靠近一步。

就在這一刻，原本應該睡興正酣的獅子倏然睜開眼睛，輕易地抓住了頓時嚇得無法動彈的老鼠。

「是哪個不知死活的傢伙，膽敢把我吵醒啦？」

（到了這個地步，只能哀求謝罪了。）

老鼠在心裏盤算妥當，立刻拚命賠不是：

「對不起，我不曉得這是獅子大王的尊軀，竟敢斗膽攀爬上去，求求您饒了我！」老鼠也沒忘了補上這段話，「我身上就這麼一點肉，想必還不夠您塞牙縫呢。」

獅子才剛吃了鹿，肚子完全不餓。況且，倘若真把眼前這隻直磕頭求饒的老鼠吃進肚，似乎反而會膩胃。現下若是奪去這條小命，自己簡直像個大惡棍，更讓他提不起勁來。因此他隨口嚷了聲「哎，吵死啦！」並且抬起前掌把老鼠揮了出去。

其他的老鼠夥伴們一直遠遠地靜觀事態的發展，無不心想這隻老鼠果真要幹下蠢事呢。當他們發現同伴竟然被獅子捉住的時候，不禁擔心起牠的安危；沒想到回到牠們身邊的老鼠，竟然只受了些擦傷。這群老鼠還笑著調侃牠說：

「嘿，真是好玩極了呢！」

過了幾天以後，獅子一不留神，竟落入獵人設下的捕網陷阱裏了。任憑獅子拚命撕啃網子，可牠實在沒法咬斷。

正當牠打算放棄時，忽然發現了一隻有些面熟的老鼠。原來是這隻好奇的老鼠，特地跑來看熱鬧。

（我可真走運哪！）

獅子心想，立即喚來了老鼠：

「哎，老鼠呀，我就是上回救了你一命的獅子呀，這次輪到你救我了。快用你的尖利牙齒把這張網子咬斷吧。」

「哪有這種道理呢。那時候是你自己肚子不餓的呀。」

「這話也沒錯，可是上次我要真想殺了你，簡直是輕而易舉，不過我沒那麼做呀，你說對吧？」獅子執拗地想說服老鼠。

（這樣說，好像也沒錯。）

（而且，趁這個機會給獅子施些小惠，似乎也不壞。）

老鼠改變心意，往獅子身旁湊了上去。等牠靠近一瞧，這才發現網繩非常粗實，雖不至於咬不斷，可得耗上一番工夫。

於是，老鼠又改變了主意：

「獅子大王，我實在很想幫您，但我咬不斷這麼粗的繩子呀。」

說完，他就想轉身離開了。獅子迅即伸出前掌，連同網子一把按住了老鼠。

「小老鼠，現在就給我咬開網子！不然，這回我真的會宰了你！」

如果能有其他的選擇，獅子實在不想採取這種蠻橫的手段，可他現在已被逼急了。

老鼠無計可施，只得啃斷網繩，救出了獅子。

當獅子脫離險境以後，彷彿忘了剛才曾經威嚇了老鼠，還向他道了謝。

老鼠回到夥伴之中，向大夥吹噓自己「救出了」受困於獵網裏的獅子。

儘管老鼠夥伴們心想，這隻老鼠還真好管閒事，但從此仍是對他敬畏三分。

這一則「老鼠救了獅子」的傳奇故事，也傳進了獅子的耳裏。

「那是真的嗎？」

其他動物問了獅子。他不好意思說出是自己脅迫了老鼠，便說：

「哎，沒想到竟有這麼機靈的小傢伙，我以後不會小看老鼠嘍。」

獅子只是含糊帶過，沒有刻意去否定老鼠的說法。

「好，」我依照慣例先開口說道，「依照大衛上回的提議，由他和我分別寫出了現代版的〈獅子與老鼠〉寓言故事，儘管我們沒有以品德做為主軸，但不代表故事裏沒有重要的題旨。那麼，這篇現代青年版的主題是什麼呢？」

大家思忖了一會兒。由於我事前沒有提供具體的分析觀點，或許這個問題原本就不容易回答。

過了半晌，大衛第一個開口說道：

「我想，應該是缺乏行事的原則，或者說沒有一貫的行事道德準則。因為獅子和老鼠的態度和行為，都隨著情勢發展而反覆不定。」

「也就是所謂的機會主義（opportunistic）嗎？」傑夫問道。

「不，不一樣。」馬克解釋，「機會主義者確實缺乏道德且工於心計，不僅如此，這種人若估算應該背叛對方較為有利，就會毫不猶豫地背叛，而在相反的情況下，則會展現出竭力協助的態度。」

「以伊索寓言故事來說，就像是蝙蝠那種類型，可以在不同狀況下，選擇加入動物群，也可以歸屬於鳥群。」瑪莉補充說。

「那就完全不同囉。」傑夫說。

「而且，儘管老鼠有時精於計算利弊得失，但也常拿不定主意。」溫蒂提出了看法，「儘管自有盤算，可有時心想幫個小忙也無所謂，但是這麼粗的繩子恐怕很花力氣，於是衡量過後又想作罷，就這樣翻來覆去。他的心既不溫暖，但也算不上冷酷。」

「也就是微溫的心（lukewarm-hearted）囉。」傑夫接續說道。

這是傑夫自創的詞。在英文中，溫暖的心是 warm-hearted，而冷酷的心是 cold-hearted；但沒有詞彙是將微溫lukewarm後面接上hearted。

「對，這種形容太貼切了！而且獅子也有同樣的傾向。」溫蒂說道。

「再加上，老鼠還有『喜歡惹人注目症候群（wanna-be-conspicuous syndrome）』。」傑夫再次說道。

這也是傑夫創造的名詞。所謂的「想成為明星症候群（wanna-be-a-star syndrome）」是指渴望成為搖滾明星或是運動明星，傑夫仿造出這個新詞。但是這種微不足道的夢想，反倒讓人覺得可笑。我和幾個學生忍不住笑了起來。

「對了，而且獅子雖然和老鼠不完全相同，但他也很在意自己給別人留下的印象（appearance）。」溫蒂補充說道。

「我也有同感。」幾個人同聲附議。

這個時機正好，我趁勢補充說：

「是啊，這正是我設計的中心主旨之一。我刻意讓獅子和老鼠同樣在意別人看待自己的眼光。但是，這和之前說明『義理』時提到的意涵不同。所謂的義理是由於在意人際義務關係而採取的適切舉動，因而重視自己的外在表現。在這個故事中，不論是老鼠或獅子，都非常在意自己的外在形象。老鼠注重的是自己看來是否帥氣勇敢，獅子希望自己表現出親善而不可怕，他們雖然各自對外在形象下功夫，但沒有同步改變內在涵養。」

「也就是『想成為帥氣明星症候群（wanna-be-a-stylish syndrome）』。」這又是傑夫自創的語詞了。

「真是充滿了擬劇性的世界。」溫蒂說道。

「傑夫和溫蒂都說中重點了。差不多就是這個意思。」

「不過，那隻愛表現的老鼠確實是這種情形，可其他的老鼠們似乎不同。」

我正在等待有人能夠指出這點，果然由愛蜜麗提出來了。在構思故事時，我也刻意融入了這個概念。我非常期待她會如何解釋這個部分。

「的確如此。那麼，有什麼差異呢？」我反問了她。

「我覺得其他老鼠們的態度，如同最典型的第三隻老鼠那樣，全都冷眼旁觀那隻想要引人注目的老鼠的舉動。關於這裏的描述，我有個問題。第三隻老鼠對愛表現的老鼠做了這句批評：『這小子怎麼老是不懂其他老鼠們的想法呢（He is insensitive to other mice's thoughts）』，我不太懂為什麼會說牠不懂其他老鼠的想法？有兩隻老鼠已表示反對意見，而這隻老鼠也接收到了這樣的訊息，並且予以辯駁了呀？」

「其實，這句話不容易翻譯得很精準。」我解釋說，「這裏原本說的是日本的流行語『他嗅

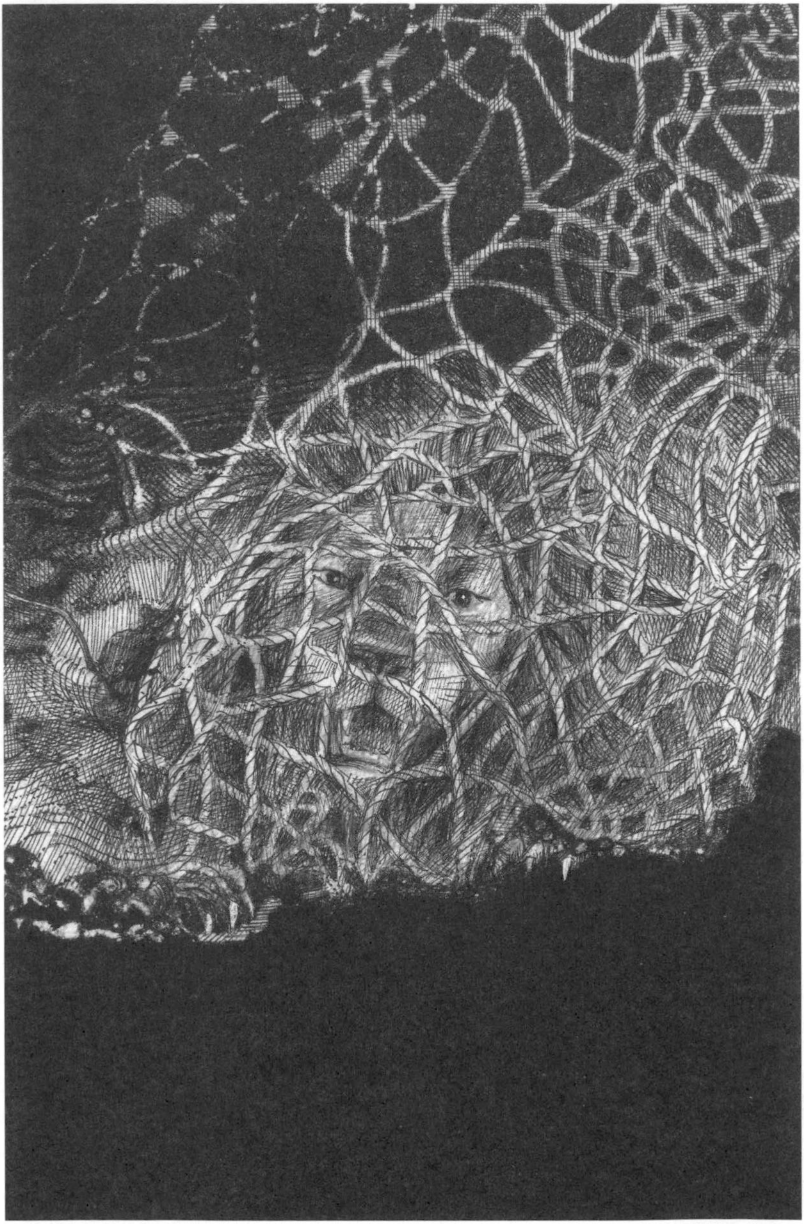

不出周遭的氛圍』[18]。」

我以日語說出「嗅不出氛圍」這個語句。

「這句話直譯為英語是『He cannot read the atmosphere』，可這麼一來，在座的同學可能不解其意，我於是將它意譯成『這小子怎麼老是不懂其他老鼠們的想法呢』。原文裏的『氛圍』是指，大家是否贊同牠的提案的那股氛圍。當牠提出建議後，立刻有兩隻老鼠反對，也沒有任何老鼠贊成。從這個狀況可以清楚感覺到，其他老鼠們的整體氣氛其實是不想嘗試牠的試膽提議。即便如此，那隻愛表現的老鼠依舊堅持己見，於是其他老鼠們批評牠不懂別的老鼠的想法。」

「這樣的解釋，我還是有些不明白。」這次是馬克提問，「愛蜜麗方才也說過了，第二和第三隻老鼠已經明確反對了第一隻老鼠高風險的提議；相對地，第一隻老鼠辯駁說風險沒有牠們想像的那麼高，並且也詳述理由了。既然如此，大家應該先討論那種行為的風險是否真的很高，在討論完以後，才能判斷整體的氛圍如何。可是，故事裏完全沒有做任何討論，所以第一隻老鼠恐怕無法確切了解，其他老鼠們抱著什麼樣的看法。」

---

18 意思是指「他不懂得察言觀色」。

愛蜜麗和溫蒂聽完也跟著點頭。馬克的說法確實有些道理。這部分他們果然不太容易理解。就在這個時候，次郎開口幫我解圍了：

「我覺得不是那樣的。在這篇故事裏，主張風險很高的老鼠們，其實是覺得跑上獅子的背上試膽量，根本不好玩也不想嘗試，所以才會表示反對。也就是說，所謂的風險高，只是個反對的藉口。我想，就是因為第一隻老鼠沒能察覺到其他老鼠真正的想法，才會被批評為『嗅不出氛圍』。」

「換句話說，『不想做』是真心意，而『風險很高』是場面話囉？」

愛蜜麗問道。她似乎很喜歡拿「真心意」和「場面話」做區分。

「嗯，我想應該是這樣的。是這樣沒錯吧？」

次郎轉而徵求我的確認，我也同意了他的看法。儘管我不是刻意如此構思安排的，但這樣的解讀確實很合理。

「我覺得，那種溝通方式不太理性。」馬克繼續追根究柢，「我認為，對於某種遊戲的喜歡與否，跟判斷情勢的風險高低，沒有任何關聯。若是後者，依照大家提供的訊息予以討論還有意義；可若只是個人的偏好，拿出來討論也毫無用處。正因為老鼠們將無須討論的問題，套上了得以相互討論的理由，才會容易產生誤解。」

「馬克這番剖析講到了重點，但是……」

我這時參與發言了。馬克的話乍聽之下很有道理，但這部分與日本特有的溝通文化不無相關。

「通常，日本人對於自己不喜歡的事情，不會直接表態，而是以各種理由間接反對。因為若直接否定，恐怕會造成與對方的對立。如同我們曾在日本舊版的〈獅子與老鼠〉時討論過的，日本人總是盡量避免與他人產生對立，傾向於尋求和諧的關係，因此即使心裏不願意，也不會直接說出來，而會找個對方能接受的理由予以婉拒。

「可是，假設遭反對的人真心接受其理由，進而想出了解決方案，據實回答說，這問題是可以處理的呀……這麼一來，原本假託堂皇理由加以婉拒的人會覺得，自己分明表達了反對意見，對方竟然不能理解此意，因而會不再信賴對方。至於，遭到反對後提出解決方案的人也會認為，既然問題已經解決，對方為何仍不贊同，顯然對方是個不講道理的人，同樣也會產生不信任感。

「總之，如同我們在上一節討論過的異文化之間對話的歧異那樣，當一方送出了『反對』的訊息，接受者卻有不同的解讀時，雙方就不容易建立互信關係。相反地，對於習慣這種日本式婉拒方式的人則認為，為什麼對方無法理解此意。不過，一旦將這種日本式的溝通方式，帶入異文化的對話之中，又會讓日本人覺得扞格不入。話說回來，在同為日本人之間，也會出現這種認知上的落差。

「另外，還有一個重點值得探討。剛才馬克提到了不理性，就另一層面來說，我也認為日本人以迎合周遭氣氛的方式來處理事情的態度，確實也不盡理性。

「在日本，遇到開會表達意見的時候，許多人都會依循『嗅出的氛圍』來採取行動，因為他們不希望自己成為被孤立的少數派。不過，如果配合『嗅出的氛圍』而行動，就會傾向提供『迎合氛圍』的訊息，而不願說出『不符合氣氛』的資訊。也就是說，在會議上的決議，是根據偏頗的資訊得出的。此外，與會者也可能依照會議中最先發言的內容，予以『推測出氣氛』，繼而展開後續的討論，於是最後的結論，很容易受到偶然開端的主導。這也是不理性的另一個事例。

「能夠感受到他人的想法，以及追求和諧的結果，的確都是好事；癥結在於，是透過什麼樣的過程得到結論或和諧的。『迎合氣氛』儘管能得到表面上的結論或和諧，卻無法運用人們提供的豐富資訊，況且從歧視少數意見的觀點來看，恐怕也將造成壓抑自由思考的危險。我不認為所有日本的年輕人全是如此，但近來愈來愈明顯的『迎合氛圍』的傾向，倒很讓我感到憂心。」

不知不覺間，身為日本人的我，不由得擔憂起日本的現狀。學生們都安靜地聽著。這時候，傑夫說道：

「老師，在討論那種處理方式是否理性之前，我覺得第三隻老鼠和其他附議者的做法有欠公道。倘若真要批評那隻愛表現的老鼠，就該直接告訴牠。只躲在背後議論，未免太卑鄙了。」

傑夫的看法，果然與他的強烈正義感十分吻合。傑夫正在學柔道，他有時也會以日文尊稱柔道教練為「先生」的方式來稱呼我。

「傑夫，我也贊同你的想法。尤其是日本近來甚至以『嗅不出氛圍』的日文發音，將這句話簡稱為『KY』，做為在背後說壞話時的暗語。這種趨勢真是太糟糕了。」

身為政治學者暨市民新聞《JANJAN》編輯的廣岡守穗[19]，也在最近的專欄中強烈抨擊這種節略詞語「令人聯想到陰險的霸凌」。

說到這裏，如果不聽聽日本年輕人的意見，未免有失公允。

「那麼，次郎，你從日本現代青年的觀點，對這篇故事有什麼看法呢？你覺得自己也像這

---

19 1951-，日本政治學者、社會學者。

樣嗎？」

大家露齒微笑地看向次郎。

「我覺得這個故事描述得有點過分，不只我沒這麼糟糕，我身旁的朋友們也不會這樣。」

「那真是太好了。那麼，你覺得哪些描述過火了呢？」

「這個問題真難回答呀。如果說，由於報恩之類的古老共有德行的影響日漸式微，取而代之的是新時代共通的行動準則，那麼在這方面，我們確實沒有明確的行事標準。不過，剛才提到了，我們不僅注重外表，而且對於衣物配飾的購買與擁有等資訊都瞭如指掌，也會為了培養自己的眼光而不吝投資。我想，我們自有一套價值標準。還有另一件事。關於『嗅不出氛圍』的流行語，我們這個世代，的確有人喜歡拿這個來批評別人；但也有包括我在內的不少人，對這個詞語十分反感。雖說是流行語，也未必所有人都喜歡這種措詞。」

次郎的發言來得正是時候。其實，僅憑我編寫的〈獅子與老鼠〉故事，就推論到日本現在所有的青年身上，恐怕過於武斷，所以我事先準備了幾份資料。其中一項，就是依據山崎正和[20]的著作《柔性個人主義——反抗大眾消費社會》（中公文庫，一九八七年）所推衍論述的概要。

山崎正和是在一九八〇年代中期提出這個論述的，距今已經相當久遠。

他強調，日本雖然不流行西方的「強烈個人主義」，但透過消費的多樣化，以及擁有相同喜好標準的消費者的小集團化，這種「柔性個人主義」尤其在年輕族群之間十分興盛。

換言之，只要認為自己和擁有類似嗜好的族群，共同規範出小集團的基準即可，不論其他「不懂的傢伙們」的意見如何，都不會影響自己這個族群的評價和審美觀，而社會上像這樣的人有日漸增多的趨勢。

次郎的意見，與山崎的理論不謀而合。可是，我認為不論是山崎的觀點，或是次郎的看法，雖然都提到了消費主義的正面意義，卻沒有掌握到消費主義的負面因素。

當山崎正和在《柔性個人主義》中，正面地肯定年輕族群多樣化的消費行為及其審美觀時，渡邊容子[21]也幾乎在相同的時期，觀察到日本兒童的心病。渡邊容子是一位學童輔導員，她長期與孩子們相處玩耍，能夠貼身觀察到他們的真實境況。

她曾經造訪菲律賓的卡巴加更（Cabadiangan）島，藉此機會比較當地兒童與日本兒童的差異，並將那段體驗寫在著作《孩子們，別輸！》（徑書房，一九八九年）裏面。

---

20 1934-，日本評論家與戲劇學者。

21 1954-，日本記者，致力於學童教育調查研究。

「在卡巴加更島，別說是家庭遊樂器了，根本找不到文具、書籍和玩具，甚至連衣物都不易取得，大家都打著赤腳，可是孩子們每天都過著充滿活力的生活，看起來十分滿足。而在日本，各式物資一應俱全，孩子們卻貪得無厭地嚷著『我還要、我還要』。但即使他們拿到了自己說過『想要』的東西時，也不覺得滿足，因為當他們獲得的瞬間，已在思考下一件想要的東西了。孩子們真正想要的不是『物品』，他們也很清楚光靠『物品』，絕對填補不了心靈的空虛。……（日本的孩子們）別說是勞動了，根本不必分擔家務。或許他們以為，只有在索討東西時，父母才會意識到自己的存在。當孩子們吵著『我要買那個』、『我要買這個』的時候，也許他們在吶喊的是『我在這裏呀！看看我！多多關注我呀！』這種看法，難道是我多慮了嗎？」（第五七、五九頁）

渡邊容子觀察到的日本和菲律賓島兒童的差異，不單是伴隨著豐裕生活而來的消費機會差距所造成的。她精確地描述出日本兒童在消費面向的病理特徵。從一九九〇年代起，美國的消費者相關的研究，也開始出現探討消費社會的「黑暗面」的論文，而這些研究指出的問題，我認為都十分關鍵。在介紹完山崎的論述以後，我接著說：

「山崎的理論和次郎的意見，雖然都指出了消費主義文化的積極面，但消費主義文化也有消極面。從理論來說，美國社會和日本社會都有這個問題，但我覺得日本比較嚴重。問題之一是，在兒童和年輕族群間，其物質主義和自尊心具有緊密的負向關係。所謂負向的意思是，自尊心較低者傾向物質主義，而自尊心較高者則不易有物質主義傾向。這裏對『物質主義』的定義是，極度看重自身擁有、穿戴、消費物品的價值觀。從過去的社會調查中，已經清楚發現了這種傾向，但直到最近的心理實驗研究，才解開了其因果關係之謎。」

我更進一步介紹了美國消費者行為研究領域中，最具權威的《消費者研究雜誌》新近刊載的，由查普林與約翰共同完成的〈在物質世界裏成長〉的論文內容（Chaplin, L. N. and D. R. John [2007] “Growing up in a Material World: Age Differences in Materialism in Children and Adolescents”, *Journal of Consumer Research*, 34: 480-493）。

他們以中學生和高中生為研究對象，做了控制變項的心理實驗，確認了當自尊心增高或降低時，物質主義的傾向也會隨之而減弱或增強。

「教授，可是自尊心和物質主義的這種負向關係，到底是透過什麼樣的具體機制而發生的呢？」溫蒂問道。

從反覆觀察到的社會性事實中察覺疑點，繼而產生研究興趣，並對其機制做出各種假設，是培養社會學意識的第一步。

「溫蒂，這是個很重要的問題。不過，妳能試著推測答案嗎？」

「自尊心較低的人，傾向擁有或穿戴較具好評的名牌商品、或是廣受朋友們喜愛的物品，透過向別人炫耀以提高自身的價值。是這樣嗎？」

「完全正確。自尊心較低的人，由於心裏的不安全感、或者說沒能得到滿足感，便希望從物品中得到填補。不過，這種方式很難達成目的。年輕人的自尊心，雖與他人對自己的評價有很高的相關度，但為了炫耀而穿戴儘管可以博得短暫的欣羨，卻無法連結到對其人格本質的讚許。有時候，這種做法甚至會招來蔑視或厭惡。雖然有的年輕人想通了，從而摒棄了物質主義；也有不少人從此深陷於物質主義的惡性循環困境。在多數情況下，反而促使其自尊心愈趨低落。而且如果購物的目的不是為了消費使用，而是為了彌補空虛的心靈，即便可以得到一時的滿足，也很快就會喜新厭舊了。

「根據二〇〇七年，日本青少年研究所曾經做過『高中生消費行為之國際比較相關調查』的結果，在『獲得想要的物品後，立刻喜新厭舊』的問題中，回答『完全不會』的受訪者，在美國占四三％，在日本居然只有其半數的二一％。在這個部分，我認為日本的問題比較嚴重。

「另外還有一項更值得關注的問題是，日本兒童的自尊心很低。

「在一九九〇年代中期，Benesse公司教育研究中心針對十一歲小學生做過國際六城市的比較調查，從研究結果中發現了驚人的事實。住在東京的兒童，自評為『誠實的小孩』、『親切的小孩』、『勤勉的小孩』與『勇敢的小孩』，分別都只有區區十幾個百分比而已。

「於此同時，在美國的密爾瓦基與奧克蘭、巴西的聖保羅、中國的北京等各城市的調查結果，每個項目都超過了四〇％，在美國甚至有的項目超過六〇％。只有韓國的首爾不到三〇％，位於其他城市與東京之間。日本的兒童對自己的評價很明顯地偏低，而最高的是美國兒童。

「或許，不該以兒童的『誠實度』或『親切度』的研究資料，直接當成國情的不同。但是調查結果呈現出來的自畫像的差距，確實很可能是由於自我表現的文化差異所導致的偏差。可是，就算將這種偏差納入考量，日本兒童的自畫像仍然是極端灰暗的。況且這樣的自我意識，即使起初不符實情，最後仍會趨於實現這樣的樣貌，很容易變成自我實現的預言。

「而回答自己是『誠實的』、『親切的』、『勤勉的』和『勇敢的』兒童，由於具有期許自己成為那種樣貌的傾向，確實也較易趨近這樣的結果。

「或許有人會問，兒童的自尊心較低，有什麼不好？其實，自尊心與上進心的低落，容易導致放棄自己，使年輕人失去改善生活的動力。比方說，日本少女的『援助交際』行為，便是由於自尊心已經低落到無法感知的地步，以及對於金錢和物欲的強烈執著，在這兩種要素同時成立的情況下，才會做出這種行為。

「這些事例，在在呈現出消費主義的絕大悖謬。消費主義確實對於經濟成長有幫助。國民的購買欲提高，可以增加生產者的利益，進而提升受雇者的所得，使國民生活富裕。反過來說，消費主義極有可能腐蝕了精神層面，尤其是兒童和青年的精神面向。」

當我說到這裏，傑夫提出了一個問題：

「老師，如果物質主義對青年帶來負面影響，您有什麼有效的對策呢？」

這又是一個很重要的問題。

「傑夫，你覺得該怎麼做才好呢？」

「我不太曉得耶。」

「那麼，其他人知道嗎？」

「盡量避免不讓兒童觀看強調物質主義的電視廣告和節目嗎？」溫蒂試著回答。

「這個主意也不錯。不過，假如從剛才介紹過的查普林與約翰的研究結果加以推論，是否能得到答案呢？」

「提高兒童的自尊心。」

包括愛蜜麗在內的幾個學生同時回答道。

「沒錯！查普林與約翰主張，必須讓兒童在家庭、學校、社區中與他人交流，以促進其自我肯定的信心。我也贊成這種想法。以日常生活舉例來說，當孩子在成長過程中學會了各種事物，以及其表現出『誠實』、『親切』、『勤勉』與『勇敢』等精神美德的時候，應該適切地誇獎他。得到讚賞的兒童，明白自己的行為得到了父母與周圍人們的認同，就會產生自信。能夠賦予這種信心的人，首先就是父母，因此家庭的角色非常重要。」

（可是，在日本的情況是如何呢？）

我們心自問。日本的多數父母，對於孩子的優秀表現與良好舉止，是否總是吝於稱讚呢？做父母的只給孩子物質享受、讓孩子去上補習班，卻幾乎不曾因為子女幫忙做家事、或在陪子女運動和玩耍的過程中，表示認同與稱讚孩子，給予他信心。唯一的例外，恐怕是褒獎兒女的學科成績優異。

這與美國的中產階級家庭兩相對照之下，可說是截然不同的風格。

在我位於芝加哥住家的隔壁，最近搬來了新鄰居。這戶人家包括一對各有專職的夫妻、兩個男孩、還有一條狗。大兒子是高中生，依循校規住在寄宿學校裏，因此平常只有父母和十歲的小兒子住在家裏。小男孩很喜歡踢足球。美國雖然土地遼闊，但在大都市裏的住家庭院多半不大。然而，這戶人家還是將院子隔出三分之二的空間、約莫三十平方公尺的場地做為足球練習場，並且設置了一座小球門。

幾乎每天晚餐前的空檔時刻，那個小男孩總是會和爸爸或媽媽，以及愛犬開始練習足球。

讓狗兒加入練習，是為了使小男孩覺得像在玩遊戲般，盡情地跟著狗兒來回奔跑。父母在玩耍的過程中，不停地向小男孩加油打氣；當他成功踢入球門，或是防守得當時，也大力給予稱讚。有趣的是，父親和母親會每天輪流與孩子踢球。當其中一人和孩子玩耍的時刻，另一人便負責準備晚餐。

那個十歲小男孩也非常勤奮。我光是從自家望出去，就常看到他幫庭院裏的草坪澆水、遛狗、和父母一起去採購日用品。想必在日常生活中，他常因幫忙家務而得到誇獎，也有很多機會博得父母的認同。

當然，我不是說所有美國家庭的生活模式都是這樣，但這絕不是例外。依據日本青少年研究所於二〇〇七年做的高中生消費行為之國際比較相關調查，結果發現，「平常會幫忙家事」的高中生比率，在美國是六二％，在日本只有二〇％。問題不是在於幫忙家務這件事本身，而是從小身為家庭的成員之一，在完成了某項任務以後，獲得家人的認同與讚賞。透過這種互動方式，培育出負責任的態度以及肯定自我的意識，是非常重要的。

我家隔壁鄰居之所以能夠過著那樣的生活方式，部分原因出於夫妻倆都在尊重「工作與生活平衡」的美國企業裏工作，全家才得以在晚餐時段共享天倫。不過，這不是絕對的因素。父母必須讓子女體認到身為家庭成員的職責，並且每天都要用心和子女一起享受生活、一同共度時光。

相反地，日本的父親極少能夠每天和子女共進晚餐，兒女本身有時也因為上補習班而較晚回家。許多子女即使回到家裏，也都關在自己的房間裏，沉迷在電玩遊戲之中，不曾盡到身為家族成員的職責與義務。甚至有不少人連自己房間的清掃整理，都認為那是母親的工作。

我突然回神過來，發現暫時沒有學生繼續發問了。於是便介紹幾項關於年輕人傾向於討厭「嗅不出氛圍」者的研究資料。

「首先，我希望讓大家知道，日本的年輕人在各種生活層面上，有多麼不滿意。二〇〇一年，日本青少年研究所曾以中學二年級生和高中二年級生的年齡層做為研究對象，進行一項日、美、法、韓四國的意識比較研究。結果顯示，日本與美國青少年的滿意度，呈現幾乎完全相反的兩個極端。

「譬如在『對整體社會感到滿意』的青少年比率在美國是七二％，在日本只有九％；『對學校生活感到滿意』的青少年比率在美國是七四％，在日本是三二％；『對家庭生活感到滿意』的青少年比率在美國是八四％，在日本是四〇％；『對自己感到滿意』的青少年比率在美國是占大多數的八九％，在日本僅只有二三％。至於對未來的希望也呈現極大的差異。『在二十一世紀的社會充滿了希望』這個項目上，回答同意的人在美國占八六％，在日本只有三四％

而已。」

聽到這些數字，學生們全都露出了訝異的表情。

「也難怪你們會覺得驚訝，連我看到這些數據以後，也嚇了一跳。就這些統計結果看來，日本的青少年可說處於非常悲慘的狀態。儘管日本的經濟發展近來有些停滯不前，但依然是在富裕國度之列，而之前提到過的聯合國人類發展指數（HDI, Human Development Index）的排名是世界第七位，並且領先第八位的美國。日本國民不論是教育程度與平均壽命都很高，感覺上國家非常保護人民；但是調查研究的結果，卻與既定印象完全矛盾。然而，這就是日本青少年的意識現狀。請問，為什麼會變成這種狀態呢？」

我可以感受到學生們很想知道問題的答案。其實，我沒有針對這個議題，做過足以詳盡解釋的分析，但至少能提供他們往下推敲的線索。

「能夠解釋這種狀況的關鍵，就在方才介紹過的日本青少年研究所的調查結果當中。這項調查也呈現出青年最重要的人生目標。統計結果顯示，在美國最多數人選擇的目標是『擁有較高的社會地位與名聲』，占了四一％，而日本的同一選項只有不到二％。相較之下，在日本最多數人選擇的目標是『過著快樂的人生』，占了六二％，而美國在這個選項上只有四％。

「事實上，近二十年來，日本青年已經失去了『認真努力做事』和『在社會上獲致成功』

的價值觀。原因在於認真努力與想要獲得社會地位的人，傾向被認為是自私的人，這與國家和社會的狀況也有相關。比方說，當國家經濟正在成長之時，國民感覺到可分到的餅也同時在增大時，便會尊敬認真讀書、對於國家經濟發展有貢獻的人，因為大家深信只要國家興盛，自己也能變得富裕。現今的中國就是最好的例子。不過，假如餅的大小是固定的……」

「零和賽局（**zero-sum game**）。」

不愧是馬克。

「正確。當處於零和賽局的情況下，亦即有些人拿得較多，其他人將相對感覺權益受損的狀況時，如果有人努力求取成功，這時看在他人眼裏，彷彿會造成自己的損失。不過，這不是唯一的原因。像你們這些美國青年，多數為自己的國家感到驕傲，也對自己的社會引以自豪，因而能將奮發努力和具有才能的人們，都當作可為美國社會增進產能的生力軍。

「可是像現在的日本青年這樣，對社會懷有強烈的不滿，對未來不抱持希望，總是把奮發努力的人們，視為自私自利的族群，甚至對他們投以責難的眼光。況且，在這些青年的價值觀裏，完全不把勤勉以及社會成就看在眼裏，滿腦子只想要享受眼前的歡樂時光，而這也是為了因應社會風氣，以避免遭到別人譴責的生存之道。或許各位很難想像這種狀況吧。」

這時，溫蒂的發言令我出乎意外。

「教授，雖然現在黑種人的社會地位已經提升，較少出現那種情形了；但位於黑種人貧民區的學校，直到沒多久之前還經常發生那些拚命用功的學生，會被貼上『白人化』的標籤，並且遭到歧視與霸凌。我覺得，對那些沒有生活願景的貧窮黑種人而言，他們關心的是如何在貧困的生活中及時行樂，但這時卻出現了懷抱夢想、為求成功而努力不懈的人，便會覺得他們是拋棄同伴的自私之徒，難免心理不平衡。不曉得這和日本目前的情況是否有些雷同呢……？」

「嗯，妳說得很有道理。」

溫蒂能從不同的社會與不同情況中找出相似處的稟賦，經常讓我感到由衷佩服。

這時候，傑夫突然說了讓我感到意外的看法：

「老師，我們日裔美國人常被稱作是模範少數族群（model-minority），白種人菁英們常拿這句話對其他有色民族說『你們都該向日裔族群多學習』。我的父執輩世代曾被叫作『香蕉』，亦即譏諷其外表是黃種人，但內在是白種人。

「為什麼我現在要提到這件事呢？因為我覺得自己和父執輩世代的想法有很大的差距。我們的父執輩是日裔第三代，再上一輩的第二代非常努力在美國社會中掙得地位，我覺得他們很了不起。可是，我不希望和他們過著相同的生活模式。

「我當然自認為是美國人，但也喜歡我的原生母國日本。我透過學習柔道、學習圍棋、修習老師的課程，以增進對日本的了解，本身的自我意識也已經超越了日裔，而是以亞裔美國人自居了。這就是我。

「不過，有很多第二代、第三代的日裔，都捨棄了日本文化。他們不教孩子們讀寫日語，並且在日本企業進入美國之前，也不太努力承繼日本文化。總而言之，他們以與美國社會同化當作第一優先。不過到了我們的世代，有許多日裔都希望自己能夠呈現出最真實的一面，這包括了身為日本人的根源。

「我雖曾和次郎以及來自日本的其他留學生們談過，但不曉得現在的日本年輕人是否也有相同的看法。我想要活出率真的自己，而不是仿效父母那樣的生活樣式。我曾在書上讀到，現在的青年不喜歡那些想在社會上闖出成績的人，是因為那些人的未來藍圖，就和那些努力從一流大學畢業後、進入一流企業工作的父執輩世代的人生軌跡相同，因此覺得他們不值得信任；而對於努力忠於自我的人，或許就不會感到反感了。」

傑夫指出了非常重要的關鍵。

身為移民到美國的日裔第一代的子輩，有不少日裔第二代的男性，其人生的重大轉捩點就發生在日裔的強制收容所裏。在第二次世界大戰期間，他們若拒絕成為效忠美國的美軍士兵，就只剩下前往收容所的唯一選項了。加入美軍參戰意味著可能會與父母的祖國日本作戰。這個抉擇與伴隨而來的爭執，導致許多父子、兄弟、以及朋友就此決裂。

許多決定參戰的第二代們，與其說是為了他們的祖國美國而戰，不如說是為了恢復日裔美國人的名譽與權利，因而做出了這個抉擇。至於拒絕參戰，決定要留在收容所裏的許多第二代日裔們，不僅是由於心態上和第一代人相同，抗拒加入這場與日本為敵的戰爭，更是為了抗議美國聯邦政府敵視自己這些國民，不但沒收了私人財產，還把他們送進了強制收容所，於是這群人做出了這個抉擇。

這兩種不同的選擇，就根本思想而言，沒有本質上的矛盾。然而，這項「非此即彼」的抉擇，卻造成了這兩個群體日後永久的差異。選擇參戰的前者，倘若僥倖劫後餘生，多數於戰後站上了日裔社會的風光舞台；而後者則滿懷對前者的愧疚，躲在幕後暗處苟且偷生。

當人生的抉擇牽涉到政治，有時候就會像這樣殘酷地造成族群間的撕裂。而他們的子孫日裔第三代，繼承了為求恢復美國國民權利而參戰的第二代的意志，努力融入美國的主流文化。在成功的背後，卻也換來了「香蕉」的揶揄。

不過，美國社會也在轉變當中。從三十年前的WASP[22]的主流看法，逐漸轉移到尊重異文化與傳統的文化多元主義（cultural pluralism）思維。生長在這個時代中的傑夫，比起他父母的世代，在選擇文化的自由度上已增加不少。況且傑夫堅定的價值觀，也幫助他在構築「忠於自我」的生活形態時，成為最佳指導方針。可是，現今的日本青年，雖然也嚷著想要以最真實的面貌活下去，但他們沒有明確價值觀以指引方向，況且也還處於摸索自我的混沌狀態之中。

「傑夫提到的是非常重要的關鍵。我也覺得日本現在的年輕人，確實比他們的父母世代，更希望能過著忠於自己的生活。可是他們所想的似乎不只這樣而已。因為事實顯示，在日本青年中最受到歡迎的，不是擁有獨特個性的人，而是能夠受周遭歡迎的人。根據日本青少年研究所的千石保[23]在著作《「認真」的崩壞：新日本人論》（Simul出版會，一九九一年）中提到，在日本中學班級裏的風雲人物，以『幽默的人』高居首位，占六三%。這是日本獨有的調查數據。

「此外，日本的青年不僅對他人的評價如此，自己也希望每一天都能過得有趣而愉快。千石特別指出，這是對社會行為賦予『圓滿』（consummatory）的價值。也就是關於社會行為的價值，不是來自遂行其他目的的手段，而是以有趣或愉快本身的消費性，賦予其『圓滿』的價

22 White Anglo-Saxon Protestant，白人盎格魯—撒克遜新教徒。原義是指美國當權的上流菁英社會，現在泛指信奉新教的歐裔美國人。

23 1928-，日本教育學者。

值。現在有愈來愈多人，重視的是社會行為的消費性價值。

「不僅如此，這也與前述提到的看法有關：認為那些希望努力達到成功的人，便是自私且有害的；而把歡樂帶給大家的人，就是對自己無害且有益的。若想知道現代青年為何會厭惡『嗅不出氛圍』的人，就必須先了解這些背景資訊。」

說到這裏，我要介紹中村恭子與原田曜平依據博報堂生活綜合研究所的調查所寫成的《十歲至十九歲的一切》（Poplar社，二〇〇五年）這本書。中村和原田在書中提到，十五到十九歲的男生，最討厭的同性類型就是「無法體會現場氣氛的人」（六四%），而且這個比率遠高於第二、三順位的「脾氣暴躁的人」與「愛表現的人」。

至於最喜歡的同性類型，以「能夠體諒他人的人」（七四%）高居首位，落於其後的是「開朗的人」和「善於社交的人」。從這兩項結果可以得知，「無法體會現場氣氛的人」與「能夠體諒他人的人」正好成為對比。

「能夠體諒他人」這種描述方式的指涉並不明確。曾於著作《國富論》中主張「看不見的手」扮演的角色、亦是經濟學思想始祖的亞當・斯密（Adam Smith），早已在他的《道德情操論》書中強調了設身處地想像對方感受的重要性。

這裏的「體諒他人」是指觀察者以他者個人為對象，所產生的同情心或感同身受。亞當・

斯密描述的經濟人，絕對不是冷酷無情的人。我想，即便在現代的美國社會中，對「體諒他人」這句話的解讀，仍與亞當．斯密敘述的意思相去不遠。

而在日本的傳統道德中，也非常重視設身處地體諒他人。但那是對位於組織的職務立場上的體諒，或是對必須貫徹義理而捨棄人情的痛苦立場的體諒，與個人的相互體諒全然不同。

那麼，現代日本的青年提到的「體諒他人」，到底是什麼意思呢？

中村與原田在報告中指出，這和「體會出氣氛」有強烈的相關。也就是說，在難得的熱鬧氣氛中，不要潑大家冷水，以及當大家意興闌珊時，不要「囉唆地」拚命說服，這就是「體諒他人」。其他還包括努力不介入他人的私生活，也是「體諒他人」的一種。

有許多現在的日本青年，每天都和很多「朋友」互傳手機簡訊，只要一天沒收到簡訊就會感到落寞。對這些年輕人來說，和同世代的朋友們膚淺而不煩心的人際交往，成為他們在沒有願景的不安日子中的「療癒」方法，也應當成為心情愉快的來源。若和「嗅不出氛圍」的人結成朋友，不僅增加壓力，也很無趣，所以才會厭惡與排斥那種人。

最後，我做出這樣的結論：

「綜合上述資料，像我這個世代，會批判那些傾向重視『氛圍』的年輕族群『漠視個人特質』或『集團主義』，但是恐怕與實際的狀況相距甚遠。依照中村和原田的說法，日本的十至十九歲的青少年害怕失敗，『把有夢想的人視為笨蛋』，對未來不抱希望。由於『靠近他們會引起不悅，遠離他們又造成不安』，因此他們只和人們保持淡薄的關係，不做任何承諾，但又害怕遭到孤立。

「在這種狀態下，日本的青年唯獨剩下和志同道合的朋友輕鬆往來的樂趣，這也成為他們逃避現實的避風港。萬一這時候有個『嗅不出氛圍』的人做出刺耳的提議，就會惹他們不高興。

「更令我擔憂的是，對於『嗅不出氛圍』者的批評浪潮也襲向了成人的世界，造成在開會時，若有人心裏的意見『不符合現場氣氛』，便不太敢開口發言。這種情形的影響層面更是嚴重。」

這時候，大衛突然說出了我從沒想過的觀點：

「老師，那些『嗅不出氛圍』的人，是否可能罹患了亞斯伯格症候群（Asperger Syndrome）呢？雖然和故事裏描述的老鼠狀況不同，但我覺得無法解讀別人的想法，有可能是因為患有那種疾病。如果是這樣，歧視他們不僅應該受到倫理上的譴責，更應當了解他們的問題所在，並且思考能讓他們參與社會的方法，包括施予適當的治療。」

「亞斯伯格症候群，是什麼樣的疾病呢？」

我好奇地反問道。我沒聽過這種疾病，真難為情。

「這是一種發展障礙的疾病。患者的智力正常，卻因無法理解他人的情感而造成極大的社交障礙。出現這種障礙的人，只能知覺到自我意識，因而無法掌握周圍的狀況，也不能判斷自己在群體中的定位。」

「我不清楚亞斯伯格症候群的相關資訊，無法判斷大衛的看法是否適切，但是從多樣性（diversity）的觀點，確實必須思考這個問題。」我這樣說道。

我很喜歡美國近年來逐步推展的多樣性觀點。多樣化的價值觀不只針對種族、民族與性別，也應該以正面的態度，接受具有各種障礙者的多樣性。像大衛這樣的青年，從一則日本的故事能夠聯想到這種可能性，讓我有些感動。

而且大衛期望能從多樣性的新規範促進彼此的了解，並讓他們融入這個社會裏，這種舉動非常具有美式作風。假如日本的青年知道了「嗅不出氛圍」的人其實是患有亞斯伯格症候群的身心障礙，他們也會和大衛抱持相同的想法嗎？還是反而會更加歧視欺侮呢？

當我正在整理思路，以便深入講述對於多樣性的看法時，瑪莉提出了一個大哉問：

「教授，我覺得日本青年的那種心態並不健全。我的問題和傑夫剛才的發問有點類似，教授認為該如何改變那種心態——這種說法或許有些失禮——該如何讓日本青年達到美國青年的健全心態，變成能夠相信社會、相信身旁的人以及相信自己呢？」

「哇，這個問題真深奧！雖然諾貝爾獎沒有設立社會學獎項，若是有人能夠找到這個問題的答案，絕對足以榮獲諾貝爾獎喔！」

大家都露出了笑容，唯獨瑪莉的眼神依舊認真。看來，我不能靠說笑蒙混過關了。

「關鍵之一是剛才提過的，讓孩子們擁有自尊心。我們的育兒方式與教育內容，都必須讓兒童擁有自己的道德價值觀。光是這樣還不夠，更必須進而改變社會。至於該如何改變，雖然這是我的淺見，我覺得應該讓在社會裏的每一個人的才能都得到激發與充分發揮，並且使大家相信社會已經有所改變，不再是原本的樣貌了。

「這必須藉助每一個人不再只關心社會行為的消費性價值，而更重視其生產性價值。然而，具有生產性價值的社會行為，不光是指讀書或工作而已。例如，能夠從日常對話中發現某種價值，也是具有生產性的。

「就舉我們班上來說吧。首先必須誠摯地聆聽別人的話語，這是要『理解』他人的時候，絕對不可或缺的首要前提。接著是『思考』，比方聽完別人的說法，再從理論上重新構築。這是馬克最拿手的。

「還有，要能把自己感受到的、思考到的事情，經過綜合彙整後再告訴其他人，這時需要的是包括思考和『表達』能力。愛蜜麗是箇中高手，而溫蒂也不遑多讓。而傑夫的說笑不僅詼諧，更是思考與表達兩種能力的最佳展現。

「接下來是『聯想』。對於乍看之下毫不相關的事物，能夠試著找出其共通點。溫蒂是這方面的好手。為了增進聯想能力，平時必須盡量努力充實由古至今的事例，並且試著揣摩人們在各種情況下的心情。

「即便要說些話安慰別人，如果不想只說些陳腔濫調，就必須發揮設身處地的聯想力，以及感同身受的感性。幾分鐘前，傑夫和大衛才剛做了最佳示範。傑夫從身為日裔美國人的角度，將自己這個世代對於父執輩生活方式的想法，拿來和日本現在的青年對於父執輩生活方式的想法，做了疊合比對；而大衛提到了在日本被批評為『嗅不出氛圍』的年輕人，是否患有亞斯伯格症候群，若真是這樣就該協助他們。一個人必須同時具備豐富的聯想力，和懷有一顆真摯關懷的心，才能擁有像傑夫和大衛這樣的觀點。

「此外，『專業知識的應用』也很重要。凱文還沒有進入法學研究所深造，已經知道許多專業知識了。同學和我都從他的專業見解中獲益不少。

「還有，『發現問題與批判精神』也是不可缺少的。儘管瑪莉的發言偶爾讓我有些『招架不住』，但她尖銳的批判，經常使得對話的內容更為深入。還有，馬克對於現代日本版的〈獅子與老鼠〉，指出將偏好與否的問題和情勢掌握的問題混為一談是不理性的，這也充分發揮了批判的精神。

「不能忘記的還有『創造』。大衛寫出現代美國版的〈獅子與老鼠〉固然是最典型的例子，但不只這個例子而已，我們這班的授課本身也是一項創作。我把這個上課過程，當成大家共同創造的一齣舞台劇。每一回表演都是一個新的創作，由不同的演員演出，就會得到不同的結果。如同剛才說到的，大家都有各自的特質，愈是充分激發出其特質，作品就愈有價值。

「最重要的是，像這樣大家共同創造出來的對話，再加入『理解』、『思考』、『表達』、『聯想』、『應用』、『發現問題』的生產性面向，讓每個人發揮其特質，才能由全體共同完成一件豐富的創作，如此才能展現出多樣性的真正價值。也就是說，正因為由各有優點的人組成這個班級，其創作的完成豐富度，遠比相似的人們組成的團體還要更高。

「我們不只完成了這項創作，當這學期結束後，現在坐在課堂上的諸位就要各奔東西，分別踏上不同的前程。不過，我們今天說過的話、想過的事，總有一天會在你的心中再次甦醒。你將會回想起『啊，那時候自己曾經這樣想過』、『那個人曾說過這句話』，並且一定會對當下時刻的你有所幫助。今天的對話，將能連結到明天、甚至未來。這就是生產性對話的意涵。

「相對地，日本青年的對話又是如何呢？日本青年現在的對話，只有消費性的價值而已。

一夥人湊在一起，說說笑笑、開開心心，度過一段歡樂的時光，然後就結束了。當下的感覺很好，可是在大家解散以後，就像是筵席過後，只剩下寂寥的空虛，讓人分外寂寞。這種對話與未來完全沒有連結。而且若是有人偶爾帶進了建設性的對話，他們會以『讓人聽得疲憊』的理由拒絕。一旦對需要思考與聯想的對話感到不愉快，其後的對話就會趨向消費性。

「不僅是在對話層面，人際關係也會朝消費性的方向發展。儘管要扭轉這種趨勢是項艱鉅的任務，到頭來，還是必須從人際關係的本質做根本的改變。」

不知不覺間，我不再是對著美國學生講課，而是以一介日本人的身分，面對除去次郎以外的一群不在現場的日本青年說話。

當我回神過來時，這堂課已經接近尾聲了。

我把話題引向最後一個主題。

「好，這是最後的問題。把我寫的現代日本青年版〈獅子與老鼠〉的故事，和古老日本版的做比較時，現代版裏沒有明確的道德共通規範，而古老版的有。除此以外，還有其他差異嗎？」

我事先準備了一個答案，而說出這個答案的是愛蜜麗。

「我想講的和教授現在提到的是否具有明確的道德共通規範有關。在古老版故事裏，老鼠的報恩舉動，使得獅子和老鼠之間產生了友情和信任。可是在現代版故事裏，雖然雙方沒有互不信任，但也沒有產生信任關係。在沒有共通的道德規範下，對方就不會依照我們預期的方式行動。當然就結果來說，獅子原諒了老鼠，而老鼠也救出了獅子。雖然如此，他們雙方都不認為自己受到了對方的恩惠，也因此無法產生友情和信任。」

這個答案依然具有愛蜜麗一貫的明快風格。

「愛蜜麗說得完全正確。我再補充一句，即便雙方都依據共通的道德規範行動，但如果彼此的文化不同、沒有正確解讀對方的言詞與態度的本意，就會造成誤解而無法相互信任。這已在兩週前，以不同國家的獅子和老鼠相遇時的例子說明過了。

「不過，只要促進人們對多元文化的了解，就能夠克服大半的問題。即使對方的價值觀與文化和自己的不同，只要他的行事具有一貫性，就值得我們信賴。在今天學到的『現代日本版』的例子中，就算是相同文化的人、也了解對方的語言和態度的意涵，但若共通的道德規範薄弱、態度缺乏一貫性、沒有善盡承當責任等等，或者是未向對方解釋清楚便隨著情勢而改變態度，這都會使雙方無法信任彼此。人們在不同價值觀下還能相互信賴，最重要的就是態度的一貫性。

「我認為，要具備這種態度的一貫性，不能透過山崎正和強調的『柔性的個人主義』，而必須發展『堅定的個人主義』，亦即每人雖有不同看法，還是必須具備自己可以接受的價值觀。」

而對於現代版和古老版故事的不同處，學生提出了一個我沒有想過的答案。

「現代版裏的獅子和老鼠，雖稱不上是完全平等，但和古老版比較起來，兩者的關係已經平等多了。」

這是瑪莉提出來的觀點。我在寫故事的時候沒有刻意這樣安排，因此在聽到這個看法時有些驚訝。

「說得也是，正如瑪莉所說的。我雖然沒有意識到，但故事的發展確實如此。這個故事既然是我寫的，雖不敢說已完全反映出現實狀況，但從不同地位與年齡者的交流方式來看，或許現代日本版的關係比較對等。如果是在組織之中，具有明確的從屬關係，那又另當別論了。我想應該找不到相關研究主題的英文文獻，但還是會試著搜尋查閱，如果找到了，會在課堂上介紹給大家。」

討論到此，似乎告一段落了，但還有件事不能忘記。

「那麼，如同我最初說過的，也就是這兩篇現代版的寓言故事，哪一篇讀起來比較有趣呢？是大衛寫的，還是……」

我還沒說完，班上已經有好幾個人等不及高聲嚷嚷著：

「大衛！大衛！」

「是呀，我也完全贊成，看來我們全體達成共識了。所以，大衛在這門課可以拿到很高的額外加分。恭喜大衛！」

大家熱烈鼓掌，大衛也顯得很開心。

我利用所剩不多的時間，提醒了下週的題材與文獻的幾項要點以後，便結束了這堂課。

fin

關於這齣教育劇的背景

筆者雖將這齣劇的副標題訂為「教育劇・日美社會規範比較論」，但並未對日本與美國的社會規範做出任何明確的結論。

關於這個「比較論」，筆者希望提供讀者兩個思考方向：

第一個方向是，在做與社會規範相關的倫理選擇時，能夠提供基礎知識；以及呈現出在做倫理選擇時的思考過程中，希望具有聯想力和自由且批判的精神。筆者期望藉由價值觀各異的美國學生們體驗過的思考與討論過程，能讓讀者們「體會到」相同的感受。稍早在「劇場主人的歡迎詞」中，也已提過了這點。

第二個與前述方向有關，亦即提供有助於日後形成日本社會規範的思考材料。本劇已清楚揭示，不論是在日本或美國的文化土壤，都會隨著時代出現變化，繼而影響到社會規範的更迭。最重要的是，社會規範的形成，其實端看人們的選擇，不同的選擇將會導致不同的結果。

除此之外，社會規範也會受到全球化的外在變化的影響。

在今日全球化的浪潮中，跨文化間的共同處亦逐漸增加，而多元文化間的交流機會也愈來愈多；然而，各種文化仍存有極大的差異，這或許也會影響到未來規範的形成。

劇中特別討論了教養兒女的規範，以及厭惡「嗅不出氛圍」者的青年文化的論點，並且提及其各種可能。因為筆者認為，這兩項議題對於形成日本未來的社會規範尤其重要。

那麼，筆者心中的社會規範是什麼樣子呢？或許已有讀者從劇中的對話解讀出來了，請容我在此重申，第一項是自由與尊重多樣性，且二者不得互相矛盾。

每一個人的自由，不僅其本身具有價值，更能提高以理性解決一般事務的機率。此外，正如故事中的「山口教授」所主張的，當大家共同合作時，多樣性能夠促使創作內容更加豐富，也讓多數人得以享有更為平等的社會機會，更不用說以現代日本充滿了多元文化交流的社會與經濟而言，多樣性絕對是不可或缺的。

在故事裏，我對於養成「嗅出氣氛」以迎合周遭者的社會環境，提出了批判。在那樣的社會環境下，意味著自由將愈趨狹隘、多樣性被否定，能夠做出理性判斷的文化土壤將受到破壞，而這正是我不希望看到的。

當然，我無意否定和諧。我想指出的是，透過何種機制達成的和諧，才是良好的和諧。我所探討的是形成和諧（形成共識）的本質問題。

現代青年將相處輕鬆的朋友關係視為避風港，當他被逼到絕境時的心理產物，便是我們曾在故事裏討論過的——尋求「嗅出氛圍」的傾向。我認為必須從根源改善社會現況，以避免誘發出這種心理狀態。

我心目中期盼的另一項社會規範是，對豐裕社會的再生產能夠有所貢獻。儘管人們的選擇應該是自由而不受限的，但絕不能恣意妄為。每個人至少都必須要能與價值觀不同的他者培養信任，同心協力以實現豐裕的社會。

這裏的「豐裕」，不單指物質的豐饒，還包括了心靈的豐富。

這篇故事只是點出人們該如何建構出自由、豐裕、相互信任的社會，能夠正向思考人們的多樣性與特質的Valuing Diversity（重視多樣化）的價值觀，以及重視具建設性的社會行動與人際關係的形成等等方向，但是我並沒有提供解答。

我想，這些問題的答案應當交由各位來思考。

後記

這本書收錄了風格與內容迥異的兩篇作品——奇幻故事和教育劇。這究竟代表著什麼意涵？

謎底的關鍵，就在本書的書名「多樣性」（diversity）。

〈米娜與卡茲〉的故事，敘述的是米娜（在芬蘭語中，minä代表「我」）在經歷了一趟「尋找自我」的旅程後，抵達的終點便是「多樣性」。

可是在這則故事裏，只詳細呈現了多樣性在個人層次上的意義；至於其社會層次的意義，僅止於概念意象，並未予以具體描述。

而在〈獅子與老鼠〉這篇故事中，便具體闡述了多樣性在社會層次上的意義。所以，這兩個故事可說是彼此互補的。

這兩篇故事歸功於許多人的協助，才得以順利完成。

首先必須感謝的是，東洋經濟新報社的佐藤朋保先生。本書的緣起，來自於佐藤先生的垂詢。此外，我現在能夠滿懷自信地說，原本隱藏在故事裏的暗喻訊息，已經無一遺漏地全部揭示出來了，完全承蒙他在草稿階段，便從讀者的角度閱讀本書，並提供了許多寶貴的意見。

接著，我必須感謝多位恕未具名的女士先生，成為故事中各個角色的參考雛形。假如沒有那些選修我在芝加哥大學開設的「日本社會論」課程的學生們，我就不可能依據他們活潑生動的樣貌，寫出〈獅子與老鼠〉這篇作品。

當然，在故事裏登場的學生姓名全都是編造的，事實上學生的意見也不是出現在某個特定的學期，而是從我教過好幾個學期的「日本社會論」課堂中，綜合彙集的資料，並隨性地賦予其獨特的個性。

在這層意義上，這個故事並非單純的授課紀錄，而是介於事實（fact）與虛構（fiction）之間的紀實小說（faction）。

除此之外，在教育劇中由大衛．萊特曼創作的現代美國版〈獅子與老鼠〉，其實也是由我撰寫的。當然，我和同事、以及修習「日本社會論」的學生們之間的談話，也激發出不少靈感。

尤其是我與以前在芝加哥大學的同事、現任哈佛大學法學研究所教授的馬克．拉姆塞耶

（J. Mark Ramseyer），曾經就美國的司法制度交換過意見，獲得了很多有用的資訊，在此致上謝意。

出現在〈米娜與卡茲〉故事裏的米娜、卡茲和康德先生，也各自有其真實的參考人物。不過，當他們化身為故事裏的角色以後，最後呈現出來的人格，已經與原本的真人有了極大的差異。

順帶一提，卡茲原先是以我自己做為參考人物，最終發展出全然迥異的奇特性格（況且我根本不會施展魔法）。

至於米娜和康德先生，如果沒有我的兩位朋友做為借鏡，想必無法描寫得如此生動逼真吧。尤其假若沒有那位朋友成為米娜的樣貌原型，我想，這個故事就不可能誕生了。

其他還有幾位，對我個人提供了非常大的幫助。

第一位要感謝的是森妙子女士。在她神妙畫筆的勾勒下，整個故事宛如注入了生命泉源般，頓時變得活靈活現。

其次是作家水村美苗女士，在我初期嘗試擬稿的階段，承蒙她過目了幾份拙稿，並且帶領我敲開文學殿堂之門。此外，這也成為我在日後以「因為我是個社會學者，或許可以用文學形式傳達這些東西」因而撰寫此書的動機。

還要感謝日本青少年研究所的千石保理事長寄贈了大作《「認真」的崩壞：新日本人論》以及多份調查研究報告。更要感謝《孩子，別認輸！》的作者、亦是市民新聞《JANJAN》記者的渡邊容子女士，賜知關於現代日本社會的兒童現狀的寶貴意見，並且引薦了森妙子女士。在我寫作現代日本青年版的〈獅子與老鼠〉時，千石理事長贈與的資料、以及渡邊女士的建議，全都極具參考價值。我也在故事裏引用了部分章節段落。

最後，我要向經濟產業研究所（RIETI）致上最深的謝忱。〈獅子與老鼠〉最初是刊登在RIETI的「社會學講座」網頁上。與收錄在本書裏的版本相比，當時的架構與內容還不夠成熟。而本書的佐藤編輯恰巧看到了那篇網頁講座，於是我才得以與他結識，乃至於催生此書的出版。在此，我要特別感謝將拙稿刊載於網頁的RIETI前任研究與調整部門的細谷祐二主任，以及負責網頁編輯的谷本桐子經理。

山口一男

二〇〇八年五月

霸凌是什麼

從教室到社會，直視你我的暗黑之心

作者：森田洋司

譯者：李欣怡

定價：350元

一本書，讓你我對於他人的苦痛，多一點想像力和同理心。

霸凌，不是個人層次的現象和問題，

而是集體層次的現象和問題。

我們雖然無法消滅霸凌，

但能制止霸凌。

霸凌，是身而為人絕對嚴禁的行為。然而，有人的地方就有霸凌。自古至今，霸凌無所不在，從未消失。從教室到職場、從家庭到社會，你我可能是沉默的受害者、視而不見的旁觀者，甚至是無感的加害者。

本書作者森田洋司從社會學的角度，分析為何霸凌導致自殺的悲劇會一再發生，進而比較霸凌在日本和歐美（美國、英國與北歐諸國）的演變和異同。他提出「霸凌四層結構」，定義與歸納霸凌的特徵，解析如何將制止霸凌的議題納入公民教育。進一步探討身為社會公民的你我，如何共同構築制止霸凌的校園與社會。

【導讀】

身處人類社會團體中的任何一個人，都可能在特定的情境下，成為霸凌的加害者、受害者或旁觀者。霸凌行為不是個人層次的現象或問題，而是屬於集體層次的現象和問題。欲從個人心理心性尋求化解霸凌的方法，猶如緣木求魚，將徒勞無功；必須從社會結構的改型切入，才有找到真正出路的可能。

——吳齊殷（中央研究院社會學研究所副所長）

【推薦】

本書由社會學的觀點探討霸凌對個人、社會、國家的影響，由社會邁向私密化（privatization）發展的脈絡去看每個人的角色、職責與壓力。這本書是近年來完整探討霸凌問題的書籍之一，我強烈建議教師與為人父母者應該一讀。

——李明憲（教育部反霸凌安全學校計畫主持人）

任何社會問題雖然暫時看不到根本解決的方法，只要在解決問題的過程中能夠凝聚共識，就是一種改變的力量。這個改變的力量是從四面八方而來，過程本身就已經充滿意義。

——彭仁鐸（「心地好一點，霸凌少一點」發起人）

這是一本對於霸凌的探討，有高度、有深度、也有溫度的好書。能從多面向、大視野角度探討霸凌，所以有高度。能清楚呈現涉及霸凌相關人士的表層與內在心理歷程，所以有深度。對於霸凌議題的解決，關切的不只是遏止或處罰，還包括如何透過處置霸凌的方向與策略，讓相關人員、組織，乃至整個社會都從中受益，因為從關懷與溫暖心意中出發來面對霸凌，所以有溫度。這是一本適合專業人員、相關機構，以及政府決策者閱讀參考的好書。

——楊明磊（淡江大學教育心理與諮商研究所副教授）

關懷的力量

作者：米爾頓・梅洛夫（Milton Mayeroff）
譯者：陳正芬
定價：250元

很難得有一本書，教我們如何真正關懷他人，並且，找到人生的意義

父母關心孩子，愛之深責之切，但如何真正幫助他成長？

老師關心學生，但是要如何教導，引領他找到自己的路？

對於公司裡的同事，我們視為理所當然，常常忘了關懷……

一般人忙碌了大半輩子，才幡然醒悟，我這一生為何而來？人生有沒有意義？

本書的作者梅洛夫，是美國的哲學教授、作家。他的這本小書，於1971年首度出版，是極少數專門討論「關懷」這個概念的一本書。四十年來，本書深深影響了教育、醫療護理等領域，甚至一些企業人士也很推崇它。而本書的文字之美，也創造出一種讓人安心、反思的情境。

從近年來許多教育問題、校園霸凌的問題，不管是為人父母，當老師，或在家庭、公司裡，我們常常會忽略了關心他人的細微之處，而人又是最敏感的。或許這本充滿啟發的小書，可以讓我們靜下心來，好好想想如何關心別人。

作者認為：關心一個人，最重要的意義就是幫助對方成長和實現自我。比如說，一位父親關心他的小孩，他會尊重這個孩子是個獨立的存在，而且有成長的需求。他感覺到孩子需要他，並回應他的需求而去幫助他成長。但是，關懷並不是利用他人以滿足自己的需要，關懷不是一種手段。

關懷是一個過程，在此過程中，人會與他人產生聯繫，關係得以發展，而透過彼此信任，關係的品質會改善而且深化，友誼也會隨之出現。不論是父母關心他們的小孩、老師關心學生、心理治療師關心他的病人、或先生關心妻子，都具有同樣的模式。

然而，我們也會關心一個想法（idea）、一個理想（ideal）、或是我們所在的社區（community），就如同作家會關心他的著作、音樂家關心他的作品，這些也是關懷的行為，而具有同樣的模式。

關懷的行為落實在生活裡，可以為他的價值觀和日常活動建立起秩序，因而他的生活會有一種穩定性出來，他能夠在這個世界上「就定位」（in place），不會四處漂泊、沒有歸宿。他能夠活出自己人生的意義。

一個人能在這世界上找到歸宿，不是靠著征服、解釋、欣賞，而是透過關心別人，以及接受別人的關心。

【作者簡介】

米爾頓・梅洛夫，美國哲學家、作家。他的思想源頭是杜威、佛洛姆、馬塞爾（Gabriel Marcel）和羅傑斯（Carl Rogers）等人的著作。

他的傳世之作《關懷的力量》（On Caring）於1971年出版之後，對於教育哲學、醫護倫理學等領域產生極大影響，包括影響到女性主義教育學家諾丁（Nel Noddings）的關懷倫理學研究。又由於本書綜論人生的意義，文字優美洗鍊，受到諸多讀者的喜愛，1990年被收錄於HarperPerennial出版社的「世界觀點」（World Perspectives）系列出版。

好老師的課堂上會發生什麼事？
——探索優秀教學背後的道理！

作者：伊莉莎白・葛林（Elizabeth Green）
譯者：林步昇
定價：380元

好老師並非天生，
跟著本書一探優秀教學的殿堂
人人都可以成為A⁺老師！
為了下一代好，每位老師、父母，以及教育官員都應該要讀這本書！

你打開門，走進去。你應該站著，還是坐下來？

這是屬於你的長方形擁擠空間。裡面擺了26張桌椅，還有黑板，以及午後陽光從窗外射進來，照亮了課桌。沒多久，這裡就會有26個五年級學生，他們的名字就在點名簿上……

你的名字是老師。

我們每個人可能都曾遇過幾位好老師，為我們打開新的視野，甚至深刻改變了我們的人生。一位優秀的老師能產生極大的影響力，但我們始終不明白，為什麼這些老師這麼優秀？難道只是天生就很厲害，很會教嗎？優秀的教學需要什麼其他條件？一名好老師的課堂上會發生什麼事？

本書介紹了一群美國的新世代教育者，探索他們的教學背後錯綜複雜的道理：

★ 一名前任校長在研究美國的明星教師後，發現一套幫助學童專注的共通技巧。
★ 兩名數學教師將一整年的課堂錄影下來，從中發展出一種讓九歲孩子寫出複雜數學證明的方法。
★ 一名前高中教師與頂尖英語講師合作，精確找出一位教師要帶動充實的課堂討論，應培養哪些關鍵互動。

作者透過時而逗趣、時而令人揪心的每日課堂故事，帶領我們進入這份任重道遠的職業的核心。

書中聚焦幾個最重要的問題：教師如何做好準備，他們在踏入教室前應該了解什麼？如何讓學生年輕的心智進行推論、猜測、證明和理解？培養良好紀律的關鍵為何？作者融合來自認知心理學、教育專家、無畏的教室實業家的最新研究成果，提供教師與家長一種新的方法，判斷孩子需要怎樣的教學，思考如何發展好的想法。最重要的，她發現優秀的教學是一種可學習的技巧，好老師是可以被教出來的！

【各界熱情推薦】

秦夢群　政治大學教育系特聘教授
莊淇銘　台北教育大學教育經營系教授
張輝誠　作家老師，學思達教學法倡導者
李政憲　新北市林口國中老師／數學輔導團
吳武典　台灣師範大學特殊教育系名譽教授
李崇建　教育工作者．作家
劉安婷　Teach For Taiwan（為台灣而教）創辦人
鄭國威　泛科學總編輯
蘇明進　《希望教室》作者

國家圖書館出版品預行編目資料

多樣性：認識自己，接納別人，一場社會科學之旅／山口一男著；邱振瑞譯. -- 二版. -- 臺北市：經濟新潮社出版：家庭傳媒城邦分公司發行，2017.09

面；　公分. --（自由學習；19）

ISBN 978-986-95263-1-9（平裝）

1. 小說　2. 文學評論

861.57　　106015779